新潮新書

百田尚樹
HYAKUTA Naoki

大放言

633

新潮社

大放言●目次

第三章　これはいったい何だ？

第四章　我が炎上史

まえがき

かつて放言は一つの文化だった。

放言は、常識に対するアンチテーゼであり、現状における問題提起であり、過激な提言であった。またしばしば毒舌的であり、ユーモラスで知的な面もあった。

過去には多くの文化人や芸人や作家たちが様々な放言を繰り返し、大衆はそれらに反発しつつも、一方でそれを楽しんで受け入れた。世の中全体に成熟した大人の文化の香りがあった。文豪、志賀直哉は戦後、「日本語を廃止してフランス語を公用語にすべし」と真剣に主張したし、スーパースター長嶋茂雄は昭和三十年代に「もし社会党が政権を取ったら野球ができなくなる」と大真面目に語った。パンツの中に隠していたコカインを発見されて起訴された超大物役者の勝新太郎は「知らない間に入っていた。もうパンツは穿かない」と言った。いずれもヒステリックな人は目くじらをたてて怒ったが、大半の人はむしろ稚気あふれる言葉として笑った。

しかしいつのまにか社会はそうした寛容さを失った。ちょっとした言葉遣いのミス、あるいは言い間違い、行き過ぎた表現といったものに対して、過剰に反応し、「その言い方は許さない！」「責任を取らせる！」と、メディアや世論が一斉攻撃するような風潮が出来上がってしまった。

しかも中には明らかに発言全体の文意を無視し、言葉の一部分だけを取り上げて、悪意を持って曲解し、敢えて大問題にしてしまうケースもある。本当は失言でもなんでもないものを失言にしてしまい、発言者を社会的に葬ってしまうのだ。

少し前になるが、妻子がありながら独身モデルと付き合っていたある男性タレントが「不倫は文化ですよ」と発言したということで大バッシングされた。その結果、彼は一時仕事のほとんどを失い、住んでいたマンションまで売り払うことになった。

だが、実は彼はそんな発言はしていなかった。不倫交際を記者に非難された彼は「文化や芸術といったものが不倫から生まれることもある」と軽口で反論したのだが、それを前述のような言葉で報道され、タレント生命を絶たれる寸前まで追い込まれた。

当たり前のことだが「文化や芸術が不倫から生まれることもある」と「不倫は文化

だ」はまったく意味が違う言葉だ。悪意ある曲解報道もひどいが、仮に彼が本当に「不倫は文化だ」と言ったとしても、それがどうだと言うのだ。昔も今も浮気をしていないタレントの方が少ないくらいだ。そんなことは芸能記者やレポーターならみな知っている。しかし他の不倫をしている多くのタレントは件の男性タレントほどは叩かれない。なぜか――それは放言をしないからだ。

昔から日本は本音と建前がくっきりと分かれた国だが、最近になってそれが極端な形になってきているような気がする。だから浮気をしていても（建前上）殊勝にさえしていれば許されるが、それを（本音で）堂々と開き直って言葉にすると、とんでもないことになる。そう、問題は言葉にするかしないか、なのである。

十年近く前、当時二十代のある女性歌手がラジオで「三十五歳をまわるとお母さんの羊水が腐ってくるんですよね」と発言したことで、日本中から大バッシングを受けた。連日、週刊誌やテレビで叩かれた彼女は、アルバムのプロモーション活動の全面自粛に追い込まれ、出演しているＣＭも放送中止となり、二ヶ月以上の自宅謹慎を余儀なくされた。

たしかに失言ではある。「羊水が腐る」ことは医学的にありえない。しかしそこまでの糾弾を受けるほどひどい発言なのだろうか。女性の妊娠確率が三十五歳を過ぎる頃から大幅に低下するというのは、産婦人科医たちも認めている事実だ。女性歌手はそれを「羊水が腐る」という言葉で言ったわけだが、これは一種の比喩的表現にすぎない。もちろん少々品のない表現ではあったが。しかも三十五歳を超えた女性を揶揄する意図でなされたものではなく、「結婚したばかりの女性マネージャーに、早くこどもを産んでほしいという気持ち」からの発言だったのだが、世間はその失言を許さなかった。

これが男性の発言なら、女性蔑視あるいは女性の体についての悪意ある言葉と受け取れないこともない。しかし発言したのは同じ女性である。彼女だっていずれ自分がその立場になるともちろんわかっていて言っている。笑ってすませてやれとは言わないが、少しくらいは大目に見る余裕があってもいいと思う。

「言葉狩り」の時代

いつの頃からか、日本人はその言葉の裏にある真意よりも、表面上の言葉にだけ反応するようになった。典型的なのが、昭和五十年代に起きた一連の言葉狩りである。

もともとは差別に抗議する団体が中心になって行なった運動がきっかけだったが、やがてそれは社会全体を飲み込み、巨大な力となった。

「その言い方は差別だ!」「その表現は許さない!」とメディアや世論が大合唱して、多くの表現者や作品を追い込んだ。国民的作家である司馬遼太郎氏の『竜馬がゆく』の中の「ちょうりんぼう」という言葉が差別語であるとして、司馬氏は部落解放センターに呼び出されて糾弾された。幸い『竜馬がゆく』は絶版にはならなかったが、問題とされた言葉は修正されることになった。江戸時代の物語であるのに、当時使われていた言葉(歴史用語)が使えないというのは不合理極まりないが、それほど糾弾は激しかったということだ。

「黒人差別をなくす会」に差別的表現を指摘された漫画界の巨匠・手塚治虫氏の名作『ジャングル大帝』は一時、出荷停止に追い込まれた。黒人の唇が厚く描かれていたという理由で、だ。名作絵本『ちびくろサンボ』も、サンボというタイトルが差別語ということで、絶版に追い込まれた(いずれも表向きは出版社の自主絶版)。

当時は似たような事例がいくつもあった。いずれも作品全体の意図を読み取ることなく、部分的な表現に問題があるというだけで作品そのものを全否定する運動だった。

その後、言葉狩りの運動は下火になったが、それがきっかけとなり、いつのまにか世の中全体が言葉や表現に敏感になってしまったように思う。
この流れはいつしか「個人的な発言」にまで及ぶようになった。それらは次第にエスカレートし、昔なら笑って済ませていたような発言もだんだんと許されない風潮になってきた。おおらかな時代なら、不倫交際しているタレントが「もてるんだからしかたがないじゃん」と言ったところで許してもらえただろう。実際、昔は「女は芸の肥やしだ」と、女遊びを公言する芸人はいくらでもいた。芸人とはある意味、やぶれかぶれな生き方をする人種で、ファンもまたそうした行動や言動を非難しつつ、一方では面白がって受け入れた。
しかし現代はそうではなくなった。有名人、タレント、あるいは大会社の取締役などが、ちょっとした一言で、メディアやネットで集中砲火を浴び、社会的に抹殺に近い状況に追い込まれている。

「私は寝てないんだよ」

会見の席上で述べた正式な発言でなく、記者との会話の中でひょいと飛び出した言葉でもメディアは容赦しない。

たとえば十数年前、集団食中毒事件を起こした某食品メーカーの社長が言った「私は寝てないんだよ」という言葉は、不祥事を起こした企業のトップの許されざる開き直り発言として、マスコミから大バッシングされた。

しかしそれほどまでに糾弾される言葉であろうか。これは、一週間ほとんど不眠で原因調査をしていた社長が、謝罪会見の後、会社のエレベーターの前で記者につかまって強引にインタビューされた場での発言だ。この時はまだ食中毒の原因が不明だったが、「わかったら発表します」と言う社長に対して、記者は何か事実を隠しているんだろうと、インタビューの継続を迫った。疲れきっていた社長は、「では、あと十分」と言った。すると記者は「何で時間を限るのですか」と詰問した。そこで出たのが「そんなこと言ったってねえ、私は寝てないんだよ」というセリフだ。

この言葉に、正義に燃えるマスコミは食らいついた。まさしくピラニアのごとく一斉に襲い掛かった。週刊誌は大きな問題発言として大々的に書き、テレビ局は連日あらゆるニュースで「私は寝てないんだよ」と言うシーンだけの映像を流し続けた。「不祥事を起こしておきながら、とんでもない逆ギレをする社長」というイメージを視聴者に与えまくったわけだ。そして会社を倒産に追い込むまで許さない、という猛攻撃が始まった。はっきり言って食中毒を起こした構造よりも、この時の社長の発言のほうを「悪」と捉える報道だった。

ちょっと冷静になれよと言いたくなる。一週間ほとんど寝てなかったら、それくらいの言葉はつい誰でも言ってしまうだろう。私なら確実に言う。しかし社長を責める人たちは、「会社が起こした不祥事の責任を感じているなら、そんな言葉は出てこないはずだ！」という精神論で話をしている。こうなると、もはや論理は通じない。

今の例は少し極端に過ぎたかもしれない。

しかし現代では、どんな一言でも集中砲火を浴びる危険が待っている。学者や文化人も、論文や論説の一部を切り取られ、あるいはその主張を捻じ曲げられ、メディアやネットで非難囂々の憂き目にあうことは珍しくない。下手をすれば、学者生命、文化人生命を失いかねない。

その結果、多くの人が八方美人的な発言しかしなくなった。誰も傷つけない毒にも薬にもならない大人のセリフしか言わなくなったのだ。テレビに出てくるコメンテーターと呼ばれる人たちのクソ面白くないセリフはどうだ。

「尖閣諸島で領海侵犯を繰り返す中国漁船など撃沈してしまえ」と言うコメンテーターなど一人もいない。「憂慮すべき事態ですね」というような毒にも薬にもならないコメントばかりだ。憂慮すべき事態だとわかっているなら、どうすべきかはっきり言えよと言いたい。すると、「双方の政府が歩み寄って解決するのを願うばかりです」「話し合うことが大切です」というようなセリフしか出ない。

原野商法や先物取引の詐欺事件が起こると、コメンテーターは一斉に詐欺集団を非難するが、「被害者も欲に目がくらむから騙されるんだ」と言う人はいない。朝鮮高校の授業料無償化に対して、「反日教育を行なっている学校に日本の税金を使えるわけがない」と言う人もいない。大人顔負けの残虐な殺人事件を起こした少年に対して、「こいつらはケダモノと同じだから死刑にして当然」と言う人もいない。

すべてのコメントが当たり障りのないもので、事件の被害者も加害者も傷つけないような美しい言葉で飾られる。それはなぜか。言葉尻を捉えられて、攻撃されるのが怖いからだ。もっともテレビ局が視聴者からの批判を恐れて、コメンテーターに自由に語らせないという面もある。番組が問題になればスポンサーから苦情が来るからだ。

そうした事情は理解していても、私がぞっとするのは、相手が反論できない立場であるとわかると、あるいは（そういう人物を攻撃しても）人権派弁護士や利権集団などからの反撃がないとわかると、テレビ局もコメンテーターたちも一転して言いたい放題になることだ。まさに声をからして非難の言葉を投げつける。それはもうおぞましいばかりである。

曽野綾子氏の発言は暴言か

いやはや、なんとも息苦しい時代になったものである。

私などは口から先に生まれてきたような人間であるから、これまで失言、暴言は数知れずで、そのたびにマスコミやメディア、ネットでさんざんに叩かれてきた。「百田氏また暴言」という見出しまでつけた新聞もある。それにしても「また暴言」って——。ちなみに「百田　暴言」でネット検索をかけると、延々と何十ページにもわたって記事が出る。開き直るわけでもないが、小説家みたいなヤクザな人種に品行方正を求められても困る。そんな誰が聞いても耳に心地よいまっとうな意見や考えしか持たないような人間なら、小説家なんかになっていない。

最近、同業の小説家の曽野綾子氏が人種差別をする発言をしたと国内外から大バッシングを受けた。彼女は産経新聞にこう書いた。

「もう20〜30年も前に南アフリカ共和国の実情を知って以来、私は、居住区だけは、白人、アジア人、黒人というふうに分けて住む方がいい、と思うようになった」

これのどこが人種差別なのか。言語や文化を共有する民族が固まって住むのは、普通のことではないか。これは便利であるし、また異なる文化を持つ他民族との軋轢も生じにくく、共存もしやすいように思える。しかも曽野氏は「事業も研究も運動も何もかも一緒にやれる」と書いている。

民族のるつぼと言われるニューヨークでも、黒人街、ヒスパニック街、ユダヤ人街がある。ロサンジェルスにはリトル東京もある。日本でも横浜や神戸には昔から中華街がある。中華街が差別地区とされたことが今まで一度でもあっただろうか。

昔、スターリン時代のソ連は民族浄化作戦を実施した。少数民族を滅ぼすために、彼らをバラバラにして、ソ連の各地に移住させた。その結果、彼らは固有の言語や文化的伝統やアイデンティティを失い、やがて民族そのものが消失した。ソ連時代にこの世から消えた少数民族は夥しい数にのぼる。今、中国が同じことをチベットやウイグルで行おうとしている。

曽野氏の発言を糾弾する人たちは、日本に移民してくる外国人たちをバラバラに住まわせ、彼ら同士の交流をできるだけ希薄にして、日本民族に同化させるシステムを作ろうと言うのだろうか。もちろん、それも一つの意見であり、私はここでその是非を問うつもりはない。

これから移民政策をどうすべきかという時代を迎えて、曽野氏の発言は議論のきっかけの一つを与えていると思う。もしも彼女の意見がダメというなら、その理由を挙げ、どうすればいいのかという意見を出すべきである。「人種差別である」というレッテル貼りをして、発言と人格を全否定することは明らかな言論封殺ではないか。

我々は成熟した自由な社会に生きている。言論の自由のない共産国家で生活しているのではない。誰もが自由に発言できる社会のはずだ。「問答無用」で発言を封じるのはやめにしようではないか。

かつて「五・一五事件」で、血気にはやる海軍の青年将校たちは、軍縮を進める犬養毅首相を襲ったとき、「話せばわかる」と言った首相に対して、「問答無用！」と叫んで彼を射殺した。この事件の後、政府は軍部の暴走を抑えることができなくなり、やがて大東亜戦争に突入した。

言葉の自由を失った国はやがて滅びる。皆が一斉に同じことを言い、一斉に誰かを攻撃する時代も同様だ。

それにどこからも突っ込まれない意見や、誰からも文句の出ない考えというものは、実は何も言っていないのと同じだ。鋭い意見と暴論は実は紙一重なのである。

だから、皆さん、もう少し心を大きく持とうではないか。

放言を笑って聞くだけの度量のある社会にしようではないか。一見、無茶苦茶な意見に聞こえる「放言」であっても、そこには一分の真実と魂があるはずだ。

第一章　現代の若きバカものたちへ

「近頃の若いものは……」という愚痴は、古代エジプト王朝の遺跡から発掘された粘土板にも書かれていた言葉だという。つまりこの言葉は人類普遍の年長者の「放言」でもあるわけだ。もっとも遺跡の話は都市伝説という説もある。

その真偽はともかく、いつの時代も常識をわきまえない若者をバカにしたり、新しい流行に乗っている若者を軽蔑したりする大人たちがいたのはたしかだと思う。生意気な若者や、自分を敬わない礼儀知らずの若者に怒りをぶつけてきた大人もたくさんいたに違いない。かつて若い頃には自分も年長者にそう言われ、また人生の先輩に対して失礼な態度をとってきたことはすっかり忘れて、だ。最近は小学生が「近頃の幼稚園児は……」と言うらしい。

いつの時代にもバカはいる。そこには実は年齢の差はない。バカな若者はたいていバカな大人になり、バカな大人はたいていバカな老人になる。かくいう私も若い時は凄まじいほどのバカだった。まもなく還暦を迎える年になっても、情けないことにバカの度合いはあまり減っていない。

しかし六十年近く生きてきて、気付いたことが一つある。それは二十一世紀に入ってから、私が若かった時代にはあまりいなかった新しいタイプのバカが増えてきているこ とだ。私は彼らを「新種のバカ」と名付けている。

彼らを見ていると、なんとも心配になってくる。というのは、この社会にはおいしい言葉やうっとりする言葉で若者をたぶらかす奴らがごろごろいて、彼らはいたるところに落とし穴を仕掛けて、「バカ」が落ちるのを待っているからだ。だから、若者たちを見ていると、「しっかりしろ」「気をつけろ」と思わず言いたくなってしまう。

偉そうに言っているが、もしも私が平成に生まれていたなら、きっとこの「新種のバカ」の一人になっていたのは間違いない。つまり、ここに出てくる「新種のバカ」は、もう一人の私自身でもある。

やればできると思っているバカ

夢はイチロー

私の友人に小学校の教師がいる。先日、彼から興味深い話を聞いた。その時、彼から教えてもらった会話を紹介しよう。彼と彼が担任する小学校六年生の男の子の会話だ。

「〇〇君は、将来、何になりたいんや?」

「俺? MLBに行ってイチローみたいなプレーヤーになることかな」

(今どきの子は教師相手にも「俺」と言うのを知って驚いた)

「大きな夢を持ってるな。そやけど、〇〇君は野球クラブに入ってないやないか」

「それがどうしたん?」

「イチローになりたいんやったら、野球をやらなあかんのと違うか?」

「それはそうや。そのうちにやろうと思ってる」

「イチローになりたいんやったら、今、やらなあかんのと違うか」

「俺、多分、やればできるような気がするんや」

私はその話を聞いて思わず吹き出してしまった。あんまり面白いので、コントの台本に使わせてもらおうと思ったほどだ。しかし友人の教師は笑わなかった。

「最近こういう子が増えているんや。低学年ならおかしくもない。でも六年生にもなって本気でこんなことを考えてる子がどんどん増えている。何もできないのに夢だけは大きな子。そういう子たちに共通するのは『自分はやればできる子』と思ってることや」

彼は続けた。

「そういう子たちの親もやっぱり同じことを思っていて、保護者面談なんかで話していると、全然勉強ができないのに、『先生、この子はね、やればできるんですの』と言う」

「めちゃくちゃ都合のええ言葉やな」

「そう。しかしこの言葉は、ぼくら教師自身もよく言うセリフなんや。ぼくらは勉強ができない子に対しては、何とか自信を持ってもらおうと『君はできない子やない。やればできる子なんだから』と言い続ける。ところが、そういう言葉を耳にし続けた子の中に、『よし、それじゃあ頑張ってみるか』と発憤する子はほとんどいなくて、逆に多くの子が『俺は今はできないけど、やればできるんだ』と思い込む」

「根拠のない自信だけを身に付けるわけやな」

「そうなんや。昔は小学校の成績表というのは相対評価やったから、できない子は自分がクラスのどの位置にいるのか嫌でも知らされた。その分、劣等感も大きかったと思うが。だけど今の小学校は絶対評価だし、その上、通知表に『できない』という評価はよほどの場合じゃないとつけない。だからできない子も自分がどれだけできないのか自覚のないまま大きくなっていく。で、周囲の人からは『君はやればできる子だから』と言われ続けて、自信だけは優等生なみに持っている。始末に負えんよ」

彼の話を聞いていて、そう言えば私の周りにもそういう若者が増えているのに気付いた。何の実績もキャリアもないのに、妙な自信だけはある若者たちだ。そのくせ、何にも本気で取り組まないし、がむしゃらにもならない。恥ずかしながら、実はかつての私もそうだった。

魔法の言葉

「自分はやればできる」というのは魔法の言葉だ。

この言葉を常に心に持っていれば、どんな逆境にも耐えられる。「できない自分」に直面しても、「駄目な自分」の姿を見せつけられても、心底落ち込むことはない。落ち込んでも、「俺はやればできるんだから」と呟けば、たちどころに勇気が湧き、強い自分を取り戻すことができるのだ。

そして自分よりも上にいる人間を見ても、大きな敗北感を感じることなく、「こいつら、これだけ頑張ってもこの程度か。俺ならこの努力の半分くらいで、これより上に行ってみせる」とも思えてしまう。すると彼の中の劣等感はたちまち霧散し、逆に根拠のない自信がふくらみ、まるで自分が能ある鷹のようにさえ思えてくる。

しかしこの魔法の言葉が効果を持ち続けるためには、ある条件が必要だ。その条件とは、「実際にやってはいけない」ということだ。

懸命に努力して、あるいは必死で挑戦して、もしできなかったら――その場合は、とんでもないことになる。冒頭の会話で出てきた少年が実際に野球をやったとしたらと考えてもらいたい。おそらく「やればできる」という彼の中の絶対不変の真理が音を立てて崩れていくに違いない。長い間、自分を支えていた最高の神殿が、実はハリボテのセットだったことに気付いてしまうことになる。

こうなってはおしまいだ。だから彼らはそんな事態が決して起きないように巧妙に逃れる。何かを必死になってすることはなく、常に何らかの言い訳を用意することになる。

つまりできなかった時の自己弁護だ。

上司や先輩に無能呼ばわりされた若者は、たいてい心の中でこう言う。「俺はまだ本気を出していない」「俺がやるようなことではなかった」――と。

俺は素晴らしいシナリオが書ける（はず）

私が働くテレビ業界にもこういう若者は少なくない。

私も含めて関西のテレビ構成作家というのはほとんどが「何でも屋」である。バラエティーの構成、クイズ作成、コント台本、ロケ企画案、ＶＴＲのナレーション、等々。しかしそんな構成作家の中には、いつかドラマの脚本家になりたいと思っている人が少なくない。若い構成作家と話していると、「いつか映画のシナリオを書きたい」「いつかは自分のホン（脚本）で監督をやりたい」という夢を語るのをよく聞く。しかしこれまで出会った一〇〇人にも上る構成作家の中で、その後全国ネットのドラマを書くようになった人は二人しか知らない（私の気付いていないところで、もう幾人かいるかもしれないが）。いつかシナリオを書くと言っていた多くの構成作家は、結局一本もシナリオを書くことはなく、いつのまにかそんな夢も語らなくなっていく。

三十数年前、私がテレビ業界に入った頃、あるベテラン構成作家が私に豪語したことをよく覚えている。彼はこう言った。「直木賞なんか、いつでも取れる」と。

若造に対するはったりもあったのだろうが、彼が本気でそう思っているのはわかった。三十年後、彼はついに一冊の小説も書かずに亡くなった。

また若い構成作家たちはドラマや映画を上から目線で語る。人気の作品や番組をこき下ろし、そのシナリオがいかに悪いか、いかに演出がなっていないかを滔々と述べる。その言葉の裏には、もし自分が書けば、もっと素晴らしいモノが書けるだろうという漠然とした自信がある。つまり「やればできる」と思っているのだ。

「頭の中にいくつものプランがあります」「ずっとあたためているものがあります」というセリフは何度も聞いた。彼らの心理はおそらくこういうものだろう。

「俺はテレビの何でも屋だが、そんじょそこらのテレビの脚本家なんかにも負けないくらいの才能が眠っている。本気を出せば、シナリオくらいいつでも書ける」

しかし彼らの中で実際にシナリオを書いて、東京のキー局のプロデューサーに持ち込んだり、シナリオ募集に応募したりする人はほとんどいない。

「やればできる」は、「やればできた」者の言葉

あまりにも当たり前のことなので、言うのも気が引けるが、「やればできる」という言葉は、「やればできた」者が言う言葉だと思う。過去に頑張った結果、あることを達成した経験のある者だけが口にできる言葉なのだ。人は努力を重ねることで、どれだけ「やれば」どれだけ「できる」かということを体で覚えていく。「やればできる」という自覚と他からの評価はそうやってできていくものだと思う。

あるいは一度でも実力の片鱗を見せた者ならそう思う資格もある。おかしなことを言うようだが、亀との競走に負けて落ち込んでいるウサギになら、「君はやればできるんだから」という言葉を掛けてもいいかもしれない。

世の親や教師に言いたい。何もやったことのない子に「やればできる」と言うのはやめようではないか。彼らに言うべきことは、

「やらないのは、できないのと同じだ」

という言葉だと思う。もうこれ以上、日本にバカを増やしてほしくない。

自分は誤解されているというバカ

「誰も俺のことをわかってくれない」

「みんな、私のことを誤解している」

　こういうことを口にする人は実に多い。気の置けない友だち同士で飲む時の愚痴の半分くらいはこれではないかというくらい、よく耳にする言葉だ。実際に面と向かって相談を受けたこともある。

　そんな時、私はいつもこう思う。「それは大きな勘違いである」と。「周囲の人は誰もお前を誤解していない。いやそれどころか、恐ろしいまでに正しく評価している」と。

　もし周囲の人があなたのことを、

「仕事ができない奴」と言うなら、それはまず正しい。

「気むずかしい奴」と言うなら、それもまず正しい。

「おべんちゃらばかり言う奴」と言うなら、それもまず正しい。

「そばにいると、疲れる子」と言うなら、それもまず正しい。

「尻軽で浮気な子」と言うなら、それもまず正しい。違う！　本当の自分はそうじゃない、と反論したい気持ちはわかるが、他人の目はたいてい間違っていない。

広い世界で自分のことが一番わかっていないのは、実は自分自身なのだ。「こうありたい」「こうあるべきだ」という気持ちのバイアスが強烈にかかっているから、本当の自分を正しく見ることができない。当然、周囲の人の評価とは大きく食い違うことになる。それで「自分は誤解されている」という結論に至る。そして若い時ほど、その気持ちが強い。

他人の目は正しい

「他人は自分を正しく見ていない」という認識こそ、人が犯す最も大きな過ちの一つである。実は、他人くらい自分を正しく見ている者はいない。

もちろん人間だから誤解や勘違い、好き嫌いによる思いこみというものはある。しかし仮に周囲の人間一〇人の意見を総合して、その大半の意見が一致すれば、その人物評はまずその人の等身大をあらわしていると見て間違いない。

もしあなたがある未知の人物を知りたいと思ったら、その周囲の人たちにその人物評を聞いて回ればいい。出てきた感想を総合すれば、まずその人物像は狂いがないだろう。

一〇人中八人に「仕事ができない奴」と思われている人間はまず仕事ができないから、彼に重要な仕事は任せてはいけない。一〇人中八人に「口が軽いやつ」と思われている人間には、大事な秘密を漏らしてはいけないし、一〇人中八人に「女たらし」と思われている男は、恋人にしない方が身のためだ。

ただし周囲の人と言っても、あまり近い人は駄目だ。人物評価はその人に近ければ近いほどズレが大きくなるという法則を持つ。だから親友とか親、兄弟というのは、あてにならない。「うちの子に限って」と言う親バカの例を思い出すまでもないだろう。一番あてにならないのはアツアツの恋人だ。彼に夢中になっている彼女の目の狂いようは、しばしば本人以上だ。

隠れている自分は自分ではない

しかしそれでも「いや、自分は周囲にまだ本当の姿を見せていない。だから、皆、本当の私を知らないのだ」と反論する向きもあろう。

また「本当の気持ちは違うのに、うまく発言できなかったり、うまく行動できないために、誤解されてきた」と主張する人もいるかもしれない。あるいは「ふだんの日常生活では敢えて本当の自分を出さずに生きてきた」と主張する人たちもたまにいる。

しかし敢えて言う。それでも周囲の人はあなたを誤解していない、と。

「本当の姿を見せていない」以上は、周囲の人には「本当の姿を見せていないあなた」が「本当のあなた」の姿なのだ。残酷なようだが、うまく発言できないで他人を傷付けてしまったり、本心と違う行動を取ってしまって誤解されることが多くても、それが「あなた」なのだ。

人は他人の心の中まで見えない。また人前で発揮しない能力は誰も認めてくれない。あなたは話すことができない赤ちゃんではない。まして猫や犬ではない。赤ちゃんなら母親が、ペットなら飼い主が、一所懸命に「この子は今、何を考えているのだろう」と気を配ってくれる。しかしあかの他人は、あなたの内心や隠れた能力にまで気を配ってはくれない。

自分の本心を出さずに生きてきたという人は、その出さずにいる姿が「本当の姿」なのだ。これは逆に考えてみればすぐにわかる。一度くらい痴漢してみたいなという願望を持っていても、それを押さえ込める理性と良識があれば、その人は変態ではない。ビジネスや酒の席で「こいつ、殴ってやろうか」と思う相手がいても、そういう衝動をきっちりと押さえ込める人は暴力的な人ではない。

つまり人が評価されるのは、その人がふだん何を言い、どういう行動を取っているかということなのだ。

いいように誤解されるケースはある

これまで「他人の評価というものはズレが少ない」と書いてきたが、実は例外もある。それはプラスの評価の場合だ。

つまり本当は仕事ができないのに「できる奴」と思われている男性や、本当は陰険なのに「優しい人」と勘違いされている女性がたまにいる。

しかしこれは周囲の人にそう思わせた彼（女）の勝利である。前にも言ったように、その人物が評価されるのは、その言動によってである。彼（女）が周囲から高評価を獲得したのは、そういう言動の積み重ねだ。そして周囲の人にずっとそう思わせることができたら、それはそれで彼（女）の本当の姿と言える。

もし「本当の姿」でないなら、いつかはどこかで正体がばれる。古い歌謡曲ではないが、「どうせ私を騙すなら、死ぬまで騙してほしかった」というやつである。極端な例だが、ものすごく残忍な犯罪を犯した人物が、犯行後、周囲の人に「とてもいい人だったのに」「あんなことをする人には見えなかった」と言われるケースもある。

このように周囲のプラス評価というのはしばしば実際とはズレが生じることもあるが、マイナス評価というのは、ズレが非常に小さい。人間はいいように誤解されても、悪いようにはあまり誤解されないものだ。

もしあなたが、自分は悪いように誤解されていると思っているなら、その自己認識そのものが間違っているのではないかと思い直してみることを勧める。

等身大の自分を知りたければ、他人に聞けばすぐにわかる。ただし、これを虚心に聞くには相当な精神力がいる。

もっとも、それができるほどの人間なら、すでに高い評価を得ているだろう。

自分を探すバカ

世にも奇妙な会話

先日、私の目の前でこんな会話があった。あるテレビの制作会社の事務所でのことだ。会社を辞めたいという若い社員（二十代前半）と社長（六十代後半）の会話だ。この業界は人の出入りが激しいから、若い社員が辞めるのは珍しくない。

「なんで会社を辞めるんや？　したいことがあるんか？」

「自分探しの旅に出ます」

「お前はここにおるやないか」

「そんなんじゃなくて……本当の自分を探すためにインドに行くんです」

「お前のルーツはインド人か？」

「違いますけど」

「長いこと行くんか？」

「取りあえず半年くらい」

「半年で、自分が見つかるんか？」

「さあ」

「自分が見つかったら、何するんや？」

「まだ決めてません」

若者も社長もお互いに、こいつは何を言ってるんだ、という顔をしている。

社長は若い社員の辞める理由が理解できないし、社員は社員で、自分の言葉が通じないのに呆れている。

短いやりとりの後、若い社員は辞表を出すと、今度は若い女子アルバイトに別れの挨拶にきた。

「自分探しに行ってくる。見つかるかどうか、わからないけど」

「大丈夫よ。きっと見つかるわ」

「うん、ぼくもそう思う」

「私もお金を貯めて、来年オーストラリアに自分探しに行く予定」

これまたシュールな漫才を聞いているようだった。

「自分」は日本以外の世界中にある？

一時期のブームは過ぎたとはいえ、「自分探し」は相変わらず一部の若者のあいだでは根強い人気があるようだ。

若者たちは「自分」を探しにぞくぞくと日本を旅立つ。ある者はアメリカに、ある者はヨーロッパに、ある者は東南アジア、ある者は中国、ある者は南米へと「自分」を探しに旅に出る。どうやら探すべき「自分」は世界の至るところにあるようだ。中には日本のどこかにあると信じ、徒歩や自転車で全国を回って「自分」を探す者もいる。

二十年も生きてきて、学校でも社会でも、あるいは友人たちとの触れあいでも見つからなかったものが、半年やそこら外国を放浪したくらいで見つかるのだから「宝探し」としては実に手頃だ。プレミアム付きのブリキのおもちゃの方がもっと見つかりにくい。

しかしいったいそれは世界のどこにあるのか？　道端に落ちているのか、それともどこかの店で売っているのか？　誰かが持っているのか？　普通に考えたら、頭がおかしいのではないかと思うが、本人はいたって大まじめなのだ。

私は前述のテレビの制作会社を辞める青年に聞いてみた。

「外国へ行けば、別の自分が出てくるんかいな？」

「はい、多分」

「それはここでは出てけえへんのか?」

「出てこないと思います。『本当の自分』は、今の日本の社会の中で抑圧されているからです」

どうやら彼は外国に旅することで、自分の中に眠っていた「本当の自分」が覚醒すると思って(願って)いるようだった。

環境を変えれば自分が見つかるのか

「自分探し」の秘密がだんだんとわかってきた。どうやら彼らは自分を取り巻く環境を変えれば、「自分」が出てきて見つかると思っているようだ。外国放浪はそのために必要だったのだ。そして、これまで眠っていた「本当の自分」は、これまでの自分とは比べ物にならないほど素晴らしい存在であると信じているらしい。

一見、納得できる気もするが、冷静に考えると、ひどく他力本願な考え方でもある。

昔は、自分が生まれ変わるためには、何かに必死で打ち込んだり、努力したり、勉強したり、働いたりしなければならないと思われていた。少なくとも私たちの世代(私は昭和三十一年生まれ）ではそうだった。ただ、当たり前の話だが、そういう努力は苦しい。できたらもっと効率よく、楽して生まれ変われたら、そっちの方がずっといい。

それで手っ取り早く生み出されたのが、外国へ放浪するということではないだろうか。昔から若者は何か辛いことがあったり大きな挫折を経験したりすると「自分を見つめ直す」「人生を考え直す」という目的で旅に出た。「インドに行ったら人間が変わった」というセリフは、一昔前によく聞いた。失恋した女の子が旅行に行くということもよくあった。あるいはそのまま蒸発ということもあったが。まあ言ってしまえば、こどもが泣きながら走って逃げていくようなものだった。

しかし今どきの「自分探し」にそうした悲壮感はない。まるでレジャーみたいにウキウキして「自分探し」の旅に出る。そして前述の青年のように、平気で人前で「自分探しの旅に行きます」と言ってのける明るさがある。また「自分探しの旅」の写真をフェイスブックに随時アップして友人たちのコメントがつくのを楽しんでいる者も少なくない。どうやら現代の「自分探しの旅」というものは、孤独でもなんでもなく「観光旅行」と同じくらい公認された存在となっているようだ。

自分探し業界のカリスマ

かつて、どこかで金鉱が発見されたという噂が出れば、一攫千金を目指して人々が集まった。いわゆるゴールドラッシュだ。しかし噂だけではゴールドラッシュは起こらない。実際に多くの金を掘り出し、大金持ちになった成功者が存在しなければ、見せかけのブームは去る。

「自分探し」がこれほど一般的になったからには、おそらく「自分探し」の成功者がいたはずだ。探してみると、たしかにいた。

高橋歩氏だ。彼こそは「自分探し業界のカリスマ」と言われている人物である。昭和四十七年生まれの高橋氏は大学を中退後、「自分探し」で世界を放浪し、帰国後、自ら出版社を立ち上げ、一九九七年、自伝『毎日が冒険』を出版、若者たちの間でベストセラーとなった。「夢は逃げない。逃げるのはいつも自分だ」という彼の言葉は、彼を崇めるファンの間で語り継がれている名言だ。

高橋氏は次々とベストセラーを出すと、実業家の世界にも乗り出した。そして沖縄に若者たちのパラダイスの建設を計画するなど（地元住民と何度もトラブルを起こしたが）、「自分探し」の若者をターゲットに様々な分野で活動を広げている。

高橋歩氏こそ、ゴールドラッシュで金鉱を目指す若者たちにとっての大立者の一人だ。若者たちの多くは「自分探し」に成功すれば、彼のようにいろいろな分野で成功するという幻想を持った。

彼のベストセラーの一つ、『自由への扉』のキャッチコピーはこうだ。

「僕らは、自由に生きるために生まれてきた。欲望の赴くままに、自由奔放に」

世界の中田の「自分探し」

実は若者たちの間で「自分探し」は昔からあったのだが、高橋歩氏の出現以降にそのブームに拍車がかかったと言われている。そして「自分探し」のもう一人のビッグスターは、元サッカー日本代表選手の中田英寿氏だ。

二〇〇六年、日本サッカー界が生んだスーパースターの中田氏は、ワールドカップグループリーグ敗退後、突然サッカー界から引退すると宣言した。テレビはトップニュースで報じ、朝日新聞をはじめとする各新聞社は彼の手記を全文掲載した。

その手記の中に中田氏は「〝新たな自分〟探しの旅に出たい」と書いた。ちなみにこの手記のタイトルは「人生とは旅であり、旅とは人生である」というものだ。なにか「奥の細道」の冒頭みたいな文章だが、手記の中には「旅」という言葉が十一回も出てくる。

この言葉の影響力は絶大だった。何しろ日本サッカー界の生んだスーパースターが引退手記に「自分探しの旅に出る」と書き、しかもそれが全国紙に載ったのだ。

実はその頃には、すれっからしの大人たちや文化人のあいだでは、「自分探し」という言葉の胡散臭さ、中身の無さなどが批判され始めていたのだが、中田氏の発言はそうした空気を一気に吹き飛ばした。若者たちのあいだで「自分探し」のブームが再燃した。中田氏の引退手記を教科書に掲載しようという声さえあがった。つまり彼の手記はこどもたちに読ませる価値があるとみなされたのだ。

これを読んだ青少年たちの中には、「あのスーパースターの中田でさえ、自分を見つけられなかったのだ。ぼくが自分を見失っても当然だ。いつかぼくも自分を探しに行かなくては」と思うこどもたちがあらわれても不思議ではない。

しかし忘れてはいけない。中田氏が自分探しに出かけたのは、富も名声も手に入れた後だ。「旅」に出て成功したわけではないのである。

ブログで食べたものを書くバカ

他人に日記を見せたい日本人

かつて日本ではブログが大流行した。まさに猫も杓子もといった具合だ。

二〇〇六年には驚くべきニュースが流れた。何とインターネットの世界で、ブログで最も使われている言語として日本語が英語を抜いて世界一になったのだ。六〇億人の世界の人口のうちわずか一億二〇〇〇万人にしか使われていない言語が、世界のブログ言語の頂点に達したのだ。当時も今も、日本はインターネット普及率も利用者数も世界一ではないのに、この数字はすごいとしか言いようがない。

なんと日本人は世界で一番、何かを主張したい民族だったのだ。

長い間、日本人はものを主張しない民族だと思われていた。他人の前で堂々と発言する人は少なく、人前で自分の意見を述べるという人は少なかった。学校のクラス会でも、町内会の集まりでも、会社の会議でも、積極的に発言する人はいつも限られた人で、大多数の人は自分の意見を言うこともなく、おとなしく黙っている。

ところがどうだ、インターネットが普及すると同時に、日本人の中にブログをやる人がすごい勢いで増えてきた。これまで人前で自分の考えや意見を何も言わなかった人が、我も我もとインターネットのブログの中で語り始めたのだ。まるで長い間たまっていたマグマが一気に吹き出したような有様だ。

今はそれがSNSに取って代わった。かつてはミクシィが人気だったが、次にツイッター、フェイスブックが流行し、今はインスタグラムというのも出てきた。いずれ、また新しいSNSができるだろう。もちろんブログの人気はかつてほどではないが、今も盛んである。フェイスブックにもブログ的な機能がある。

本当の日記は誰にも見せないのが原則だが、ブログは違う。世界中に向けて発信している本人発の意見であり、思想であり、情報なのだ。

ところが多くのブログには、英語でいうところの「I insist」（主張）といった内容のものはほとんどない。書かれていることは、まさに日記――単なる身辺雑記がほとんどだ。

「今日はこんな映画を見ました。悲しかったです。泣いてしまいました」

「アルバイトの面接に行きました。面接官のおじさんが怖かったです」

「道端のタンポポがかわいかったです」

「いつも通る商店街が模様替えしていました」——などなど。

こんなブログの山がインターネットを席巻し、世界のインターネット言語で英語を抜いてナンバー１の座を占めたのだ。

ブロガーたちの苦悩

しかしどのブログも最初からこんなものではない。ブログ開設当初の書き込みを見ると、少しはかっこいい知的なものにしようという気持ちは見える。最初の頃は、読んだ本の感想などをなかなか頑張って書いていたりもする。あるいは人生についての哲学的な考察みたいなものが書かれていたりする。

しかしたいていの人が三日もすると、書くことがなくなってしまう。自分の人生は思っていたほど劇的で面白いものではないということに気付く衝撃的な瞬間だ。

また、身辺雑記を毎日書くというのもなかなか困難な仕事だということもわかる。何も考えないで書くと、昨日と同じことを書いてしまうからだ。たいていの人は『徒然草』の吉田兼好のようにネタを豊富に持っているわけではない。本の感想を書こうと思っても、ひと月に一冊くらいしか読書しない身ではそれすらも難しい。映画の感想をかっこよく書こうと思っても、「面白かった」「つまらなかった」以外の言葉がなかなか出てこない。

そこで四日目からは、今日の天気を書いたり、体の調子について書いたり、お店で買ったものを書いたりするようになる。しかし、それもすぐに一本調子になる。そんなある日、多くのブロガーは、自分の食べた食事について書けばいいということに思い至る。

この「食べたものを書く」ということに気付くブロガーは多い。昔と違って、現代は朝昼晩、同じ食事という食生活はあまりない。これに気付いたブロガーは早速デジカメで毎日の食事やスイーツを写真に撮り、それをブログに載せる。これならネタがなくなることはない。毎日でもブログをアップできる。かくして食事報告のブログがどんどん増えていくことになる。

しかし、これははたして書くべき内容なのか。料理研究家でもなく、タレントでもなく、有名人でもない、あなたの日々の食事に関心を持っている人が世の中にどれほどいるのだろうか。いったい世の中の誰があなたの昼飯のデザートの中身を知りたいと思って、あなたのブログを覗くのだ?　おそらく、母親でさえ興味はないだろう。

しかしそんな疑問はブロガーの心には浮かばない。今や彼（女）は世界に何かを主張したいという初期の目的はどこかに失い、ただひたすらブログを毎日アップするという目的だけにすべての情熱を費やすことになる。

これは別に食事の報告に限らない。世の中に氾濫するブログの99パーセントについて言えば、そこに書かれている内容の空虚さは驚くべきものがある。

買い物の記録、朝起きた時間の記録、その日会った友人の名前の記録、カラオケで歌った曲の記録、オナニーの記録……と、友人さえも関心を持たない近況を書き込んでいるのがほとんどだ。いや、もしかしたら自分自身でさえも興味のないことかもしれない。

こうしたブログが極東の島国で毎日大量に生み出され、今日も、世界に向けて発信され続けているのだ。

かくいう私自身、毎日ツイッターで、まったく内容もないくだらないことを呟き続けている。いやしくも職業作家が一円の金にもならない文章を書き続けるのだから、SNSの魔力はすごいとしか言いようがない。もっとも一流作家はこんなものは書かない。

好きな仕事が見つからないバカ

「これは自分のやりたい仕事ではない」

先日、あるテレビのプロダクションが駅売り雑誌の求人広告でAD（アシスタント・ディレクター）を募集した。駅売りの雑誌で募集するのもどうかと思うが、早速、何人かの応募があったらしく、プロダクションはそのうちの一人を試用採用した。

その週にロケがあり、新米ADは先輩たちにいろいろ指示されながら雑用をこなしていた。翌週、そのADは無断で会社を休んだ。電話をしてもまったく出ない。心配した社員の一人が家を訪ねると、元気にパソコンと遊んでいた。なぜ休んだのかと聞くと、そのADはこう答えた。

「自分のやりたい仕事ではないことがわかりました」

そしてこう付け加えたという。

「先週分の給料は、振り込んでおいてください」

社員が会社に戻り、ADの採用を取り消したのは言うまでもない。

三日分の給料をどうしたのかは聞くのを忘れた。

私が働くテレビ業界は、テレビ局員は別にして、下請けの制作プロダクションの人の入れ替わりが激しい。局員はバカ高い給料を貰っているから、会社を辞めることなど滅多にないが、プロダクションは薄給の上に仕事がきついから、どんどん人が辞めていく。比較的年齢の高い人が辞める場合、給料の問題であることが多いが、これは大いに納得がいく。人は霞を食って生きていくわけにはいかないからだ。

ところが若い人の場合、辞める理由のかなりが給料の問題ではなく、「これは俺のやりたい仕事ではない」というものだ。

好きなことをして生きられるのか

これはテレビ業界に限らないらしい。大手企業でも新入社員が三年以内に離職する率は三割を超えている。中小企業ならもっと高いだろう。なぜ辞めるのかと聞くと、「もっと他にやりたいことがある」と答えるらしい。ところが、さらに突っ込んで聞くと、具体的にやりたいものがあるわけではないのだ。要するに「これから、それを探す」ということらしい。

聞くと、最近の若者は仕事を「好きか、嫌いか」で決める傾向があるという。

私に言わせれば、なんという贅沢な考え方だと思う。仕事は生活のためにするもので、楽しんでやるものではない。「好き、嫌い」で選ぶなら、それは仕事ではなく趣味である。

仕事は自分が生きるため、そして家族を食わせるためのものである。この場合の「生きる」は文字通り「生活する」という意味だ。

世の中、自分の好きなことを仕事にしている人なんか、1パーセントもいない。その1パーセントも、戦後の豊かな社会になったからこそ、生まれたものだ。つい六十年前まで、「好きなこと」をして生活できる人間なんか日本にはいなかったのだ。

なぜ、若者たちは「好きなことをして生きよう」と考えるようになったのだろうか――。

成功者の言葉に騙されるな！

少し前、ある有名作家が、ローティーン向けのリクルート本のようなものを出版し、超ベストセラーになった。その本の内容を要約すれば、「好きなことを見つけて、それを仕事にしろ」というものだ。世の多くの父親や母親は、そのメッセージを受け取って貰いたいと思って、その本をこどもたちに買ってやったのだろう。

しかし、ちょっと待て！　と私は言いたい。

世の中のすべての人が自分の好きな仕事をしていたら、社会ははたして動いていくのか。皆が、歌をうたったり、サッカーをしたり、芝居をしたり、絵を描いたりしたら、世の中はどうなるのだろうか。好きなことをしたいと言う若者たちを見ていると、私は古代ギリシャ時代の優雅な市民たちを思い浮かべてしまう。科学・哲学・芸術・スポーツなどの文化が大いに花開いたギリシャは、実は人口の約半分が奴隷だった。労働の必要がなかった市民はだからこそそうしたものに没頭することができた。ギリシャ時代の後半には労働を蔑視する考えさえもが一般的になっていた。

しかし現代の日本はそうではない。皆が様々な仕事をすることによって社会が成り立っている。その中には多くの人が敬遠する仕事もあるだろう。前述の本をこどもに買い与えた両親もまた、その多くが希望通りの仕事に就いて生活してきたわけではないと思う。

その本を書いた小説家は大学生の時に書いた小説が有名文学賞を受賞してベストセラーになり、以来、四十年以上、ベストセラーを出し続けている。彼は嫌な仕事、やりたくない仕事をしたことがないのだろう。彼にとって、世の中は「好きなことをして生きるものだ」という認識があるのだろう。しかしそれは彼のような万人に一人の才能を持った人間だからこそ可能だった人生だ。

世の中には自分の才能と努力で功なり名とげた成功者が沢山いる。そうした人はたいてい自分の成功談を本にし、そこにまた若者に対してメッセージを挿入する。つまり「この本を読む読者よ、君たちも私と同じようにやれば、私と同じ人生を得られる」というものだ。若者たちのバイブルと呼ばれる人生指南書には、たいていそういうことが書かれてある。そして多くの若者たちが自分もそうなりたいと思い、まずは好きなことを探すことから人生を始める。

しかし若者たちよ、冷静によく考えてもらいたい。

私には、そういう本を書くカリスマたちの多くが、読者たちも皆自分と同じような成功を得られるはずだ、と本気で考えているとは思えない。特殊で稀な才能を持ち、また人の何倍もの努力をして頂点に登りつめた人間が、誰でも自分と同じようになれると信じているとはとても思えないのだ。

いいや、本当は彼らもわかっているはずだと思う。成功者が若者たちに言うアドバイスのほとんどは、自分に言っている言葉だと思って間違いない。それはある種の自慢であり、自己確認の言葉だ。

夢を追って生きるのは素敵な人生だと思うし、自分の好きな仕事を見つけるということは大事なことだと思っている。しかしそればかりが強調されすぎていないだろうか。「どんな仕事にも価値はあり、社会に役立つ仕事、人びとのためになる仕事である」ということこそ、大人は若者に教えるべきではないのか。

好きなことは金を払ってするもの

もうひとつ、声を大にして言いたいことがある。それは、「好きなことをするのは、金を払う時である」ということだ。

ゴルフ、カラオケ、麻雀、旅行、スキー、ドライブ、等々……。こうした趣味に遊ぶのは楽しい。ただ、いずれも金を払って楽しむものだ。好きなことして、なおかつ「金もほしい」というのは、厚かましいを通り越していると思う。

たしかに世の中を見れば、好きなことをして金を稼いでいるように見える人たちがいる。スポーツ選手、アーティスト、タレントたち――しかしそういう人たちは、世の中の割合で言えばコンマいくつかのごく少数の人たちだ。大半の人々は、しんどい仕事、つらい仕事を頑張ってやっている。

私の亡くなった父は大正十三年生まれだが、家が貧しかったため、高等小学校を卒業してすぐに働きに出た。当時の仕事がどんなものだったか聞き忘れたが、好きなことなんか仕事にできなかったのは間違いない。父は働きながら夜間中学を出たが、二十歳の時に徴兵で軍隊に入った。戦後、いろんな職を転々とし、三十歳くらいのときに大阪市の水道局の臨時職員になった。その頃、結婚して私が生まれた。

父はやがて正職員になれたが、配属されたのは漏水課というところだ。どういう仕事かといえば、一日中、大阪市内を歩き回り、破れた水道管を直すというものだ。昔は大阪市内の道路もほとんどは舗装されていなくて、晴れた日に道が濡れていると、地中の水道管が破れているという印だった。そういう場所を見つけては、道路をツルハシとシャベルで掘り返して、水道管を修理するのだ。父は定年まで、夏の炎天下、冬の木枯らしの中で、そういう仕事をして、私たちを養ってくれた。

こんな仕事がふつうに考えて楽しいとは思えない。きっと辛かったと思う。けれど父は私たち家族の前では、一言も仕事の愚痴をこぼさなかった。別に父が格別に立派とも思わない。当時は父と同じように、しんどい仕事、苦しい仕事を黙々とやり続けた男たちがたくさんいたからだ。

日本は戦争で三〇〇万人という貴重な命を失い、東京、大阪、名古屋、北九州などの大都市は焼き払われ、多くの領土と海外資産のすべてを失った。しかし奇跡のような復興を遂げ、わずか二十年でアメリカとソ連を除くすべての戦勝国を追い抜いた。何もかもなくし、莫大な賠償金を背負わされ、何の資源も持たない国が、このような奇跡を起こせたのは、ひとえに国民がただひたすらに働いたからにほかならない。

決して丸の内に勤める金融マンや証券マンが働いたからではない。工場や工事現場で黙々と働く労働者がいたからだ。その多くの仕事が今で言うなら「３Ｋ」業種だろう。当時は外国人労働者もいなかったから、日本人自らがそういう業種で働いた。

その結果、日本は世界でも有数の豊かな国になった。

しかし、彼らは日本の復興を目標にして頑張ったわけではない。自分の生活のため、また家族を食わせるために、つらく苦しい仕事にもかかわらず、懸命に頑張ったのだ。

しかし、そうした労働の総和が日本の発展を築いたのだ。

囚人さえも壊れる仕事

今にして思えば、父は決して仕事が嫌いではなかったと思う。仕事や職場の愚痴をこぼすのは聞いたことがないし、毎朝、機嫌よく家を出て行った。母も父が転職したいと言ったのを聞いたことがないと言っていた。

父はおそらく仕事をする喜びを感じていたと思う。壊れた水道管を直すことにより、その地域に住む人々の役に立つという喜びがきっとあったと思う。労働の喜びとはそういうものであるはずだ。

これは有名な話だが、囚人に与える最もきつい仕事は、穴を掘らして埋め戻させる仕事だという。この作業を延々と続けさせると、どんなに精神的に強い囚人も心が折れ、やがて肉体的にも崩壊する。逆にどれほど過酷な労働をさせても、それが何かしら役に立つ、あるいは何らかの達成感があるという仕事なら、囚人は耐えられるという。

私はこの話には、「労働」の深い意味が読み取れると思う。世の中には役に立たない仕事はない。どんな仕事であろうとも、それは社会や人のためになる。労働の本当の喜びとはそこにあるのではないか。

尊敬する人は両親と言うバカ

美談の小道具

先日、某企業の取締役をしている友人にこう訊かれた。

「お前、尊敬する人物はいるか？」

「いくらでもいるよ」

「たとえば？」

「ベートーヴェン、勝海舟、ソルジェニーツィン、出光佐三、マザー・テレサ、木村政彦、フルトヴェングラー、幻庵因碩、ビクトル・フランクル、ジョン万次郎——」

「何人挙げるねん」

「一〇〇人以上は言えるで」

「もういいよ」友人はそう言った後に訊いた。「尊敬する人の中に両親は入らないのか」

「親父とお袋か——。二人とも大好きやけど、尊敬するリストには入らんな。さっきのリストの中に俺の親父とお袋の名前があったら、どう見ても浮いてるやろう」

友人は苦笑した。

「なんでこんなことを訊いたのかと言うと、実はこの何年か、就職試験の面接を担当してるんだけど、学生に、尊敬する人物を挙げてくださいと訊くと、大半が胸を張って両親です、と答えるんだ」

「ほう」

「会社では辛い仕事をしているはずなのに、家庭ではそんな面を見せずにいつも私たちに暖かく接してくれた父、仕事と家事を両立させて、父を支え、こどもを大切に育ててくれた母——そんなふうに、いかに尊敬すべき素晴らしい両親であったかを説明される」

「ええ話やないか」

「たしかにいい話だ。両親を尊敬するのは悪いことじゃない。大学までやってくれた親を尊敬できない若者では情けない。親殺し、子殺しのニュースもあるくらいの世の中だから、むしろ『素晴らしい若者』と言えるかもしれない。でもな、就職の面接は別に美談を聞きたいわけじゃないんだ」

「お前の言いたいことはわかる。つまりはこういうことやな。こどもにとって両親というのは、世界の誰よりも自分によくしてくれる人間や。あかの他人は二十年以上も生活の面倒をみてくれへんし、高い大学の授業料なども払ってくれへん。そんな両親に対して愛情を持つのは当然といえば当然や。そやけど――『尊敬』は『愛情』とは違うと」

「そう、まさにそこだ。愛情と尊敬は違うんだ。たとえば父や母が、自分以外の誰かのために尽くしたり、社会的に大きな業績を残した人物なら『尊敬します』と胸を張って言うのもいいと思う」

「小泉進次郎とか杏なら、『尊敬する人は父です』と答えても、ええわけやな」

「まあ、そういうことだな」友人は苦笑いして言った。「普通の家庭に育った若者が、両親を尊敬する理由として、『家族のためにこつこつと真面目に働いてくれました』とか『常にこどものために自分を犠牲にしてくれました』とかいうのは、あまりにも個人的な話ではないだろうかと思うんだ。こちらとしては、尊敬する人物を通して、彼がどういう生き方を目指しているのかということを知りたいのにね。極端な話、尊敬する人物がキムタクでもいいし、漫画『ワンピース』の主人公ルフィでもいいんだ」

　なるほどなと思った。たしかに友人の言うように、こどもである自分に愛情を注いでくれたというだけで、その人物を、他人に向かって「尊敬する人」の筆頭として挙げるのは個人的にすぎる。

息子よ、私を尊敬するな

もし私の息子が就職試験の面接で「尊敬する人は父」と答えたと聞かされたら、相当情けない思いをするだろうと思った。

ベストセラーをいくつか出したという理由で尊敬しているとすれば、息子の浅はかさにがっかりするし、また世界を知らないことにも失望する。世の中には真に尊敬すべき偉大な人がたくさんいる。愚息にはそうした人たちの立派な生き方を知ってもらいたいと思う。

もっとも何をもって「偉大」と見るかは、その人の価値観次第である。そしてその価値観こそが、彼（女）という人間を測る物差しになる。

「たしかに、家族のために頑張ってくれたというのが尊敬の理由なら、隣のオッサンや向かいのオバサンを尊敬してもええわけやもんな」

友人は笑った。

「要するに、面接官としては、あまりにも幼い個人的な世界に生きているというのが気になるというわけやな。大学四年生にもなれば、もっと大きな視点で社会を見ろ、と。自分の生き方の目標となる人物を掲げろと」

「そういうことだ」と友人は言った。

「けど、ものは考えようやないか。家族のために働くのが素晴らしいということをわかっている学生なら、スケールは小さいけど、むしろいい社員と言えるんやないか」

「ところが、同じ学生に、当社でどういう仕事がしたいですかと訊くと、仕事を通じて社会に大きく貢献したいとか、世界を変える仕事をしたいとか、とてつもなくスケールのでかいことを言うんだ。中には、自分は給料には興味がないです、自分にとっての報酬は、より高い次元の仕事です、なんて言うのもいる」

「夢が大きくてええやないか。若者はそうでないと」

友人はため息をつきながら言った。

「でも、その若者が尊敬する人物というのが、家族のためにこつこつと働いてきた父

——だからね」

なんでもコスパで考えるバカ

コスパって何だ？

若い人と話していてよく聞く言葉の一つに「コスパが悪い」というのがある。コスパとはコストパフォーマンス（費用対効果）の略語だ。言わずもがなだが、「かけたお金に対して、どれだけの得があったか」という意味だ。

少し前、評判の飲食店に行ったという若い人に、いい店だったかどうかを訊いた。すると彼はこう答えた。

「あの店はあまりコスパがよくありません」

「すまん。僕はコストパフォーマンスのことを聞いたんやない。味とか雰囲気のことを聞いたんや」

「ああ、味ですね。えーと、悪くはないんですが、コスパ的にはどうでしょう。店の雰囲気もコスパで考えると――」

私はそれ以上は聞くのをやめた。

そのときの会話をテレビのワイドショーを担当している少し後輩の構成作家にすると、彼は「それって普通ですよ」と言った。

「ネットで食べログなんか見ていても、コスパがいいとか悪いとかはしょっちゅう書かれています」

「知らんかった」

「ただ、コスパがいいと書かれているのはみんな安い店です。高い店はたいていコスパが悪いと書かれています」

「なるほどね」

その考え方はある意味で合理的と言えるかもしれないが、そこには何か大事な価値観が抜け落ちているような気がした。というのは、料理の味が値段に見合うかどうかなんて、本当は判断など不可能だからだ。たとえば三〇〇円のカレーと一〇〇〇円のカレーがあって、一〇〇〇円のカレーの方が美味しかったとしても、果たして三・三倍美味いかと言われると、誰も答えられないだろう。味には何倍とかいう基準がないからだ。また店の雰囲気も何倍などという比較は難しい。しかし一〇〇〇円と三〇〇円の料金の差は誰でもすぐにわかる。

「若い人がコスパというのは食いもん屋だけじゃないですよ」

とその構成作家は言った。

「車を欲しがらないのも、コスパが悪いという考え方があるからです」

たしかに車くらいコストパフォーマンスが悪いものはない。

仮に二〇〇万円の新車を買えば、各種税金、保険代、駐車場代、ガソリン代、修理代その他を合わせれば、月に一〇万円以上は軽く飛んでいく計算になる。それで月に数回しか乗らなければ、恐ろしく「コストパフォーマンスが悪い」ものになる。

実際、レンタカーを借りたほうがいいし、ハイヤーを利用したほうがはるかに安くつく。だから、車を欲しがらないという考え方はよく理解できる。

「でも、それって、金がないからやないのか」

すると彼はにやっと笑って言った。

「百田さんだって若い時はお金がなかったのに、車に乗ってたじゃないですか」

言われてみればその通りだ。私は若い頃は貧乏で、運転免許を取るお金ができて自動車学校に通ったのは二十七歳のときだ。免許を取ると、とにかく車が欲しくてたまらず、貯金を全部はたいて三〇万円で中古自動車を買った。

後に稼ぎが増えていくにしたがって車も徐々にランクアップしていったが、三十代半ばまで生活に余裕はまるでなかった。コストパフォーマンスの見地からすれば、随分無駄な金を使ってきたが、もったいないことをしたと思ったことは一度もない。というのも車は私にとって十分な満足感を与えてくれるものだったからだ。

実はこの満足感というのは数値化できないものだ。前のカレーのたとえで言えば、三〇〇万円の車と一〇〇〇万円の車を比べても、性能が三倍も違うはずがない。こんなことは他にもある。たとえば三万円のスピーカーより一〇万円のスピーカーの音が三倍いいかなんて、誰にも答えられない。

大袈裟なことを言うようだが、この数値化できない「何か」が、人生の幅を広げてくれているような気がする。

すべてがコスパ

その話以来、「コスパ」という言葉がずっと頭にひっかかっていたのだが、先日、コーヒー店で、隣にいた三人連れの若いＯＬの会話の中に、不意に「コスパ」という言葉が出てきた。

近々結婚するらしい女性が、他の二人に向かってこう言ったのだ。

「こどもは作らないつもり。だってコスパが悪いでしょう」

私は聞くとはなしに耳を傾けた。

「こどもを産むと、仕事辞めないといけないし。五年間育児してるだけで、その分の逸失利益は二〇〇〇万円くらいになるのよ」

彼女は独身らしい二人に向かって得意げに話した。

「育てるだけでお金がかかるけど、私立の学校に入れたりすると、年間、何十万もかかるのよ。大学まで考えると、すごい金額になるわ。トータルで何千万違うかわからない。こどもを作らなければ、マンションもグレードアップできるし、趣味やレジャーにもお金をかけられる。海外旅行にも行ける。それで、夫ともずっとこどもは作らないで生活しようと言ってるの」

二人のOLは黙って頷いていたが、彼女たちがどう思っていたのかはわからない。

ただ、私は聞いていて寂しくなった。ついにこどもまで「コストパフォーマンス」の対象になってしまったのかと。たしかにマンションや車は、どれくらいの金額を出せば、どれくらいの効果を得られるのかはある程度は予想がつく。何でもコストパフォーマンスで考える世代が、こどももその基準で考えたとしても不思議はない。

しかしこどもだけは効果のほどはまったくわからない。こどもは「費用対効果」の埒外にあるものだと思う。

究極のコスパ

しかしつい先日、もっと驚かされることを聞いた。

テレビ局で若いプロダクションのディレクターと話していて、私がたまたま彼に向かって、「○○君は結婚しないのか」と訊いたときのことだ。三十五歳になる独身の彼はこう答えたのだ。

「今のところは考えてないですね。結婚は、コスパが悪いですから」

出た、コスパ！

私の驚きをよそに彼は続けた。

「結婚するとなると、広いところに越さないといけないし、生活用品も食費も増える。はたしてそのメリットがあるかということです」

すると、そこに品のないことで評判の中年のディレクターがやってきて、ニヤニヤして言った。

「そやけど、結婚したら、アレがただになるで」

すると若いディレクターは逆に彼に訊いた。

「△△さんは、今、奥さんとセックスしてますか?」

「長いこと嫁さんとはしてない」

「いつからセックスレスですか」

「二人目のこどもができてからややから、十五年くらいはしてないな」

「じゃあ、それまでに何回しましたか」

「そんなにはしてないな。百回くらいかな」

「じゃあ、一回あたり、すごく高くついてませんか? ソープに行ったほうが安くすむでしょう」

中年ディレクターは「ほんまや!」と感心したように言った。

「お前の言う通りや。ソープは毎回相手も変わるから新鮮や。自分のしたい時にできるから、義理でやることもない。ほんで、飯も食わさんでええし、酒も飲まさんでええ。

ええところだらけや。よう考えたら、結婚したのは失敗やった」

「でしょう」若いディレクターは得意そうに言った。「それに美人の嫁さんもらっても、十年も経ったら、おばさんですよ」

「ほんまや。俺の嫁さんも昔はそこそこやってたんけど、今は目も当てられんわ。これからどんどん悪くなる」

私はその会話を聞いて笑いながら、心の中で「○○君」と言った。

なんでもかんでもコストパフォーマンスで考えるのはやめろ。そんなことを言いだしたら、お前の人生自体、この社会から見たら、ろくなコストパフォーマンスじゃないぞ。

そのとき、中年ディレクターがぼそりと言った。

「でもなあ。それでも結婚ってええもんなんや。俺は嫁さんがババアになっても、こいつと一緒になってよかったと思う」

第二章　暴言の中にも真実あり

この章では敢えて世間の常識と良識に真っ向からぶつかる「暴論」をいくつかぶつけさせていただく。

もしかしたらこの章を読んでむかっ腹を立てる人がいるかもしれない。そういう人には何を言っても通用しないのかもしれないが、できることなら文章の一部にカリカリしたり、部分的な表現にこだわらないで、文章全体の意味を汲み取ってもらいたい。一見、乱暴に見える物言いの中には、それなりに真実が含まれているのではないか、と私は思っている。

それでも気に入らない、許せない、というのならば、残念なことだが、きっと私とは相性が徹底的に悪いのだろう。それならば無理をして私なんかには関わる必要はない。

精神衛生を考えて、お互いにあまり接点を持たぬように心がけていきたいものである。

地方議員はボランティアでやれ

議員はバカばかり

国会議員がバカなことをやると、すぐにニュースになるから、我々も国会議員の中にはいかに程度の低いのがいるのかがわかる。

最近でも、国会を休んで男と一泊旅行に行ったり、路上で妻子ある男性とキスしたり、還暦を超えて女子大生と援助交際スキャンダルを起こすような議員が出た。

これらは私生活レベルの話だが、政治的なレベルで見ても情けないのがごろごろいる。民主党時代はとくにひどかった。「勉強したら安保の重要性がわかった」としれっとした顔で言う総理大臣、国土防衛上最も大切な「地政学」も知らない防衛大臣、「訪問客に対する対応の仕方が悪い」と被災地の知事を怒鳴りつける復興大臣、「尖閣諸島の自衛隊の艦船はグーグルアースでリアルタイムで見れるだろう」と小学生でも言わない間抜けな発言を国会でする総務大臣などなど。そういうニュースを見るたびに、私たちはなんというバカを国の代表に選んでいるのだろうかと情けない気持ちになる。

一方、地方議員はどうだろう。実はこれまた相当に低レベルの議員がわんさかいる。地方紙を見れば、収賄、セクハラ、傷害、女性スキャンダルのニュースがごろごろ出てくる。ただ、全国紙の中ではあまり記事にならず、また取り上げられても扱いが小さいために大きな話題にはならない。政務活動費をちょろまかして号泣記者会見でもしないと、全国ネットのニュースにはならない。

異様に高い地方議員報酬

さて、その地方議員だが、私の見るところ、その活動に比べて報酬が異常に高い。

彼らの報酬を書く前に、まず仕事内容はどんなものか見てみよう。彼らの仕事は年四回（三月、六月、九月、一二月）開かれる地方議会の定例会に出席することだ。会期日数は全国平均でわずか八十四・八日。たったのこれだけ？　と思われるかもしれないが、実は本会議が行なわれる日数はもっと少なく、全国平均すると二十一・四日である。

まあ、なんと楽な仕事であることか。それで彼らはどれくらいの報酬を得ているのか。

全国の都道府県会議員（約二七〇〇人）の年間報酬額の平均は約一三〇〇万円。同じく市会議員（約一万七〇〇〇人）は約六八〇万円である。

意外に低いと思われるかもしれないが、ほとんどの自治体がこれに加えて「第二の給料」とも呼ばれる政務活動費を支給している。例の号泣議員の会見以降、同じようにこれを懐に入れていた議員が多数見つかったが、それはおそらく氷山の一角で、足がつかないように巧妙にやっている議員も少くないと思われる。ちなみに兵庫県の政務活動費は五七〇万円、東京都と大阪市は七二〇万円である。横浜市と神戸市の議員は報酬と政務活動費を合わせると、二〇〇〇万円になる。呆れるほどの高額である。

ただ、労働日数に関しては、定例会の会期以外の日も各種委員会があり、それらに頻繁に出席したり、それ以外にも地道に活動している議員がいるのもたしかだ。

地方議員の仕事とは

ところで地方議員の仕事内容が具体的にどんなものか、世間の人はほとんど知らないのではないだろうか。

国会は国権の最高機関であり立法府であるから、国会議員は法律を作るのが仕事である。ところが地方議員には法律は作れない。せいぜいが条例を作るくらいである。しかし条例は知事や市長も制定することができるので、彼らだけの権限ではない。

そもそも条例は法律の範囲内で制定することが決められていて、法令に反することはできない。だから、「淫行条例」くらいのものしか作れない。あと重要な条例は「県庁の位置、定例会の回数、副知事や副市長の定数、それに政務活動費の規定」などだ。

また、地方議員には執行権はまったくないので、選挙の時に、「〇〇をやります」とか「△△を作ります」というのは、はっきり言って全部ウソである。彼らの実質的な仕事は首長（知事、市長など）の行政をチェックするくらいのことしかない。しかし地方議会の議事録を見ればわかるが、議会において一度も質問も発言もしない議員が大半である。つまり正味三週間ほどの本会議の間、席に座っているだけで多額の報酬を貰っているのだ。もしかしたら欠席している議員もいるかもしれないが、国会議員と違ってそこまでは報道されないので、実態はわからない。

もっとも議員たちの中には、それ以外にも多くの活動をしていると主張する人もいるだろう。しかしその多くは支援者の冠婚葬祭に顔を出したり、有権者に頼まれて彼らの親を養護老人ホームに優先的に入れたり、こどもを保育所に入れたりする仕事だ。意地悪な言い方をすれば、次の選挙のための就職活動だ。

世界の地方議員

とはいえこんなふうに他人の懐具合にケチをつけるのはさもしい根性なのはたしかだ。「議員報酬が高いか安いかなんて、誰が判断するのだ！」「平均八十四・八日の仕事がその報酬に値するハードな仕事なのだ！」と反論されれば、議員経験のない私には言い返すことができない。ただ言い負かされて黙るのも癪なので、世界の地方議員の給与と比べてみたいと思う。ヨーロッパの国々では、地方議員は名誉職と考えられていて、その報酬も驚くほど低い。

たとえばイギリスでは基本的に無報酬である。ただ活動経費（旅費等）は支給されるが、人口一〇万人くらいの都市の議員で年に一〇〇万円程度だ。ドイツでは通常、少額の報酬と出席手当が支給される。人口一〇万人くらいの都市の議員で月に二〜三万円程度。イタリアもまた議会の出席日数に応じて日当が支払われるだけである。フランス、スウェーデンなどはほとんど無給で、支払われるのは必要経費くらいである。

どうだろう。読者はあまりの報酬の安さに驚かれたのではないだろうか。しかし、実はこれが世界の標準なのだ。つまり地方議員は、引退した地元の名士や実業家がボランティアでやるものだという認識が当たり前になっている。

一方、日本の地方議員は月平均だと七日ほどの「パートタイム」の仕事しかしていないのに、「フルタイム」の報酬を貰っている。それも都道府県会議員は、一部上場企業の重役並の報酬だし、市会議員もサラリーマンの平均給与を大きく上回っている。それらと比べると幾分低いが、町村会議員もその町に住む住人の平均給与をはるかに超える額を貰っている。何度も繰り返すが、一年に八十四・八日の労働で、だ。

アメリカの議員は少し高いが、それでも日本と比べるとまるで安い。人口約一五〇万人の神戸市の議員報酬は約二〇〇〇万円（含・政務活動費）だが、神戸よりも人口が多いシカゴ（約二七〇万人）は約八五〇万円、ヒューストン（約二二〇万人）は約四四〇万円である。ちなみにフランスの首都パリ（約二二〇万人）は約六〇〇万円である。

議員報酬を決めるのは議員自身

今、どこの自治体も財政難に苦しんでいる。ほとんどの自治体が累積赤字の問題を抱えている。行政が取り組まなければならない最も大きな課題の一つは、行政改革による経費節減である。しかし、全国の千七百余りの自治体で、平成になってから議員報酬を減らしたのは、破産した夕張市（北海道）をはじめ数えるほどしかない。

地方自治体の議員の報酬はなぜ減らないのか。議員報酬を減らすという議題に、議員たちが絶対に賛成票を投じないからだ。要するに、彼らは地方自治体がいかに赤字で苦しもうと、自分たちの給料は一円たりとも減らすのを反対するのだ。ちなみに前述の神戸市の借金は約二兆二〇〇〇億円（税収は約二七〇〇億円）である。

その意味では、二〇一四年に橋下徹市長の主導のもと、10パーセントの報酬削減を賛成多数で可決した大阪市議会はすごいと思う。ただ、大阪維新の会が出した「30パーセント削減案」、共産党が出した「12パーセント削減案」はいずれも否決されている。

名古屋市の河村たかし市長と「減税日本」党は、「議員報酬の引き下げ」を公約の一つに掲げて二〇一一年の市長選と市議選に勝利し、議員報酬を特例的に一九九〇万円から一四〇〇万円に下げた。しかし引き下げの恒久化は他党議員たちによって否決された。また二〇一五年の市議選で「減税日本」の議員が大幅に減ったことで、他党議員たちは「民意のバランスが変わった」として、報酬引き下げを見直そうとしている。

ちなみに河村氏は「議員はボランティアでやるべき」という主張を持ち、自分自身の給与も二七五〇万円から八〇〇万円に減額、さらに退職金約四二〇〇万円の権利も放棄した（総額で約一億五〇〇〇万円の権利を放棄したことになる）。

地方議員ほど大きなことを言う

地方議会をいくつも見てきたという友人の新聞記者は、苦笑しながらこう言った。

「地方議会の議員ほど、言うことのスケールが大きい。我々○○市はいかに世界平和に貢献できるか、なんてことを議会で堂々と発言するんだ。その発言に他の議員が満場の拍手だ。保育所一つ作れない議会が、何が世界平和に貢献だよ」

そう言えば、田舎町を車で走っていると、「○○市は非核都市を宣言します」という大きな看板や垂れ幕を目にすることがたまにある。「非核宣言」も何も、核を持とうと思っても無理だろうとツッコミを入れたくなるのだが。それに、そういう看板や垂れ幕を作って市内のあちこちに設置するにも相当な金がかかっているはずだ。いずれも住民の税金が使われていると思うと、情けなくて涙が出る。

地方議員の皆さん、議員をやりたいなら、ボランティアでやってくれ！

世界平和を言う前に、議員報酬を5パーセントでいいから減らしてくれ。

原爆慰霊碑の碑文を書き直せ

主語のない不思議な文章

広島には「原爆死没者慰霊碑」と呼ばれているものがある（正式名称「広島平和都市記念碑」）。これはアメリカが投下した原爆によって命を奪われた人々を慰霊する目的で作られたものだ。

その石碑には、原爆で命を失った方々に向けてこういう文章が彫られている。

「安らかに眠って下さい　過ちは繰返しませぬから」

昔から言われていることだが、碑文の後半部分は実に奇妙な文章だ。まず主語がないが、それ自体は日本語には珍しいことではない。おそらく主語は「われわれ日本人」だろう。つまり「過ちは繰返しませぬから」という文章は、普通に読めば、われわれ日本人が広島の犠牲者に謝罪している文章と読める。

なぜ、私たちが謝っているのか？

自虐思想のもとで書かれた

実はこの文章は、戦後の自虐思想にたっぷりと染まっている。

戦後、日本を七年間にわたって占領した占領軍司令部（GHQ）は、日本人に徹底した自虐思想を植え付けた。これは「ウォー・ギルト・インフォメーション・プログラム」（WGIP）と呼ばれているもので、簡単に言うと、「何もかもお前たちが悪かったんだ」という意識を日本人に植え付けたのだ。

この教育は完全に成功した。一つの思想をわずか七年でここまで見事に蔓延させることができたアメリカの政策はすごいと言わざるを得ない。そのせいで日本人は米軍が犯したおぞましいばかりの戦争犯罪を糾弾することも忘れてしまった。一夜にして一〇万人を超える一般市民を虐殺した東京大空襲をはじめとする各都市の無差別絨毯爆撃、さらに広島と長崎における原爆投下にも、抗議の声を上げることとさえしなくなった。

それどころか、そうした悲劇はすべて「暴走した日本の軍隊のせいだ」と考える思考回路ができ上がってしまった。わかりやすく言えば、「日本が戦争さえしなければ、東京大空襲も原爆もなかった。つまり、そうした悲劇を引き起こしたのは、もとはといえば自分たちのせいである」という考え方をするようになったのだ。

私は以前ツイッターで、東京大空襲が行われた日に、米軍の非道を書いたツイートをした。多くの人から「その通りだ」という賛意をあらわすリプライが届いたが、一方で、少なくない人から、「日本が戦争をしたからこうなった」「真珠湾攻撃をしたのが悪かった」「なかなか降伏しなかった日本のせいだ」「日本だって重慶を爆撃したではないか」という文章のリプライが送られてきた。

そういうリプライを送ってきた人たちは、戦争犯罪や残虐行為そのものを批判する前に、まず「日本が悪かったからだ」という思考が真っ先に浮かぶようだ。私は東京大空襲がなぜ行われたのかを議論しようとしたのではない。かつて米軍はこのような神をも恐れぬ戦争犯罪を犯したことを若い人たちに知ってもらいたいと思ってツイートしたのだ。しかし、自虐思想に染まった人たちにとっては、日本人がいかに残虐に殺されようが、それはすべて「日本が悪かったから」という思考になるようだ。

広島の原爆慰霊碑の碑文は、その典型的な例である。つまり、原爆の被害者に対して、「私たち日本人がよくないこと（過ち）をしたので、あなたたちが犠牲となってしまいました。もう二度とそんな不幸なことが起こらないようにします」という謝罪と反省の碑文になっている。

原爆慰霊碑の碑文こそリトマス試験紙

この碑文を読んで違和感を覚えない者がいるとすれば、それはまだ「WGIP」の洗脳下にある者だ。逆に違和感を覚えた者はGHQの呪縛から逃れている。だから、私はこの碑文は「自虐思想に染まっているか否かのリトマス試験紙」であると思っている。

実は碑文の主語が何であるかについては昔から様々な議論があった。そして昭和四十五年に、当時の広島市長が「再びヒロシマを繰返すなという悲願は人類のものである。主語は『世界人類』であり、碑文は人類全体に対する警告・戒めである」と発言し、「碑文の主語は人類」が一応の公式見解となった。

しかし私はこの公式見解には大いに異を唱えたい。

主語が人類全体だとすると、碑文の意味は「われわれ人類は、原爆投下という恐ろしい過ちを繰返しません」という誓いの言葉になる。しかしよく考えると、こんな無茶苦茶なこじつけはない。無辜の市民を殺すために原爆を投下したのは、アメリカ軍であり、その決定を下したのはアメリカ大統領である。なぜ、彼らの罪を人類全体が背負わなければならないのか。そんなことを言い出せば、スターリンの大粛清もポル・ポトの大虐殺も、すべて私たち人類全体の罪となる理屈だ。

ここまで書いてもまだ自虐思想が抜けない人のために、ある仮定を考えてみよう。もしも、ニューヨーク市が「9・11テロ」の跡地に慰霊碑を建て、そこに「過ちは繰返しませぬから」という文章を入れたらどうだろう。多くのアメリカ人が「その通りだ。われわれ人類は無差別テロという過ちを繰返してはいけないという素晴らしい自戒の言葉だ」と納得するだろうか。そんなことはまずありえないだろう。そんな碑文は怒った市民たちの手によってたちどころに削り取られるに違いない。

また、何百万人のユダヤ人が虐殺されたドイツの絶滅収容所にイスラエルが慰霊碑を建てて同じような文章を書いたとしたら――、あるいは南京大虐殺の跡地に（実際には大虐殺など存在しないが）中国政府が慰霊碑を建てて同じ文章を書いたとしたら――、と想像してみてほしい。

イスラエル国民も中国人も、絶対にそんな文章は認めないだろう。「この碑文の主語は私たち人類のことで、ホロコーストという過ちを繰り返さないという意味の文章です」と熱く語っても、通用するはずがない。

パル判事の言葉

極東国際軍事裁判（東京裁判）で唯一の国際法専門の判事であり、被告全員に無罪を主張したインドのラダ・ビノード・パル判事は、昭和二十七年に広島を訪れたおり、通訳に訳してもらった原爆慰霊碑の碑文を読んだとき、不快感を隠さなかったという。

そして彼はこう言った。

「原爆を投下した者と、投下された者との区別さえもできないような、この碑文が示すような不明瞭な表現のなかには、民族の再起もなければまた犠牲者の霊もなぐさめられない」

私たち日本人には耳が痛い厳しい言葉である。しかし、しっかりと受け止めなくてはならない言葉であると思う。

さらにパル判事はアメリカを批判して厳しい口調で言った。

「これを投下したところの国から、真実味のある、心からの懺悔の言葉をいまだに聞いたことがない。（中略）罪のない老人やこどもや婦人を幾万人、幾十万人、殺してもいいというのだろうか。われわれはこうした手合と、ふたたび人道や平和について語り合いたくはない」

この言葉には綺麗事ではない真実がある。これこそ、私たち日本人が忘れてはいけない気持ちではないだろうか。

また戦後、二十九年間にわたってフィリピンのルバング島のジャングルで戦い続けた小野田寛郎氏は、帰国後、広島を訪れたときにこの碑文を見て驚いている。彼は案内してくれた友人に「これはアメリカ人が書いたのか」と訊いた。自虐思想に染められることがなかった男の素直な感想である。

小野田氏はこうも言っている。

「原爆を落としたのはアメリカでしょう。過ちを犯したのはアメリカではないのですか」

この言葉のどこにも誤りはない。

私は広島平和都市記念碑の碑文は、こう書き改めるべきだと思う。

「安らかに眠って下さい　過ちは繰返させませぬから」

なんなら、「過ち」という言葉の前に、「アメリカの」という言葉を入れたっていいと思っている。

日本は韓国に謝罪せよ

日本が行なった悪

韓国は戦後七十年経っても、今も日本に謝罪せよと言っている。ただ、求めてくる謝罪の対象がおかしいため、日本も対応に困っている。というのは、やってもいない「従軍慰安婦の強制」とか、土地を収奪したとか、名前を奪ったとか、言葉を奪ったとか、ありもしないことを言われているからだ。

しかし私は強く言いたい。日本は韓国（当時は朝鮮）に対して、いくつかひどいことを行なってきた。驚くべきことに、日本はこれらに関しては一度も謝罪していないのだ。そんなことではいけない。両国の真の友好のためにも、日本は謝るべきことはきちんと謝るべきである。日本が朝鮮に対して行なってきた数々の非道は歴史的事実であり、資料や証拠も大量に残っている。今からそれらを述べる。

教育の破壊

一九一〇年、日本が朝鮮を併合してまっさきに行なったのが、朝鮮全土に小学校を作ったことだ。日本が漢城（現・ソウル）に統監府を設置するまで朝鮮には小学校は四十校しかなく、国民の文盲率は90パーセント以上だったとも言われている（戦前の東亜日報には、一九二〇年代まで文盲率80～99パーセントという推計記事が載っている）。

日本政府はこんなアホばかりの国民では使い物にならないと思ったのか、文字や基本的なことを教えるために、多額の税金を投入して朝鮮全土に五千二百を超える小学校を建てた。当時の朝鮮の上流階級（両班《ヤンバン》）では漢字が重視されていて、しかも公文書には漢文が使われていたため、両班以外は読めなかった。ハングルは下層階級が使う劣等文字とされていたが、日本はそれを小学校の必修科目にした。今も韓国でハングルが使われているのはそのせいであるが、下層階級の文字を勝手に普及させた罪は小さくない。余談だが、ハングルを教えるために教科書を作る必要があったが、当時の朝鮮には印刷所がなく、仕方なく東京の印刷所でハングルの教科書を製作した。

小学校を義務教育にしたせいで、朝鮮人の二三九万人が就学し、文盲率も急激に下がった。日本が作ったのは小学校だけではない。朝鮮全土に三十六の師範学校まで作った。つまり教師までも養成して、教育制度を永続させようとしたのだ（当時作られた師範学校の多くが後に韓国の国立大学となった）。

これらは朝鮮人から頼まれてしたことではない。つまり日本が自分たちの都合で、朝鮮人の意向も聞かずに行なったことだ。考えてもみてほしい。学校なんかほとんどなかった国に勝手に学校を作り、こどもたちを無理矢理に就学させて、勉強させる――こんなことをやれば、朝鮮人に恨まれてもしかたがないではないか。

また驚くのは帝国大学まで作ったことだ。戦前、日本国内には七つの帝国大学があったが、京城帝国大学は六番目に作られた（大阪帝国大学と名古屋帝国大学はこの後に作られた）。しかも京城帝国大学の図書館予算は東京帝国大学の十倍もあった。朝鮮人にしてみれば、「人をバカだと思っているのか！」と怒りたくもなるだろう。

伝統文化の破壊

また併合前の朝鮮は凄まじい階級社会であり、厳しい身分制度があった。

身分を大きく分けると、①王族②両班③中人《チュンイン》④常人《サンイン》⑤白丁《ペクチョン》の五つに区分される。①②③までが上流階級で、④の常人は庶民、⑤の白丁は賤民である。またそれとは別に奴隷制度があり、併合前の朝鮮では人口の約三割が奴隷であった。日本はその身分制度を廃し、奴隷制度をなくした。さらに慣習的に行われていた幼児売買や児童売春も禁止した。もちろんこれも朝鮮人の意思などはまったく無視した行いである。王族や両班は権利を侵されて怒ったであろうし、白丁にとっても有難迷惑であったかもしれない。

また長い間、中国を見習って行なっていた凌遅刑などの残虐な刑罰を、日本は完全に廃止させた。いやしくもその国が長年正しいと思って施行してきた制度を勝手に廃してしまうということは、伝統を破壊する暴挙と言われてもしかたがない。

自然の破壊

それだけでも十分謝罪に値する行為だが、さらに許されないことは、日本は朝鮮の自然にまで手をつけていることだ。

当時は朝鮮の山々はほとんどが禿山であったが、日本はそこに六億本の木を植えて、勝手に朝鮮の景色を日本風に作り替えてしまった。また農業用のため池を大量に作った。現在もため池の半分は日本が作ったものだ。そう、傷跡は今も各地に残っているのだ。

国土の蹂躙はそれだけではない。併合前はわずか１００キロしかなかった鉄道を６０００キロにまで増やした。美しかった朝鮮の土地に醜い鉄道網を敷きまくったというわけだ。また道路や河川も勝手に整備して、多くの橋を作り、ダムまで作った。海岸には港や防波堤を作り、ここでも美しい朝鮮の風景を破壊した。

各地に工場を作り、発電所を作り、病院を作り、都市には下水道施設までも整備した。いずれも朝鮮人に頼まれてしたことではない。

ちなみに賢明なるヨーロッパ諸国は植民地に学校などは作らなかったし、植林もせず、河川の整備もせず、ダムも作らなかった。植民地の資源や農作物を収奪して輸送するため必要最小限の鉄道を敷いたくらいだ。だから今も多くの国が恨まれていない。

欧米諸国と比べると、日本はいかに朝鮮半島でやりたい放題してきたかがわかる。

人口問題まで引き起こした

また荒地を開墾して耕地面積を二倍にし、近代的な農業を導入したせいで、たった三十年あまりで朝鮮人の人口を二・五倍に増やしてしまった（平均寿命も二十四歳から四十二歳まで伸ばした）。これでは人口問題まで引き起こしたと非難されてもしかたがない。

日本はこれらのことをやるために多額の国家予算をつぎ込み、そのために東北の開発のための予算が大幅に削られ、大正から昭和にかけて、東北が飢饉に見舞われたとき、多くの女子が身売りされた。つまり日本は自国をほったらかしにしてまで、朝鮮半島で好き勝手なことを行なっていたわけだ。朝鮮人が怒るのは当然である。

さらに日本文化を朝鮮人の生活の中に大量に持ち込んでしまったがゆえに、彼らにそれらの文化は朝鮮独自のものと勘違いさせてしまった。そのせいで、今では韓国の学者なども、茶道、華道、剣道、柔道、歌舞伎、折り紙、寿司などは朝鮮が起源であると言い出している。毎年、桜の季節になると、韓国人は「ソメイヨシノは韓国が発祥の地だ」と言い出すが、これを笑ってはいけない。桜を愛する文化を持ち込んで、彼らに勘違いさせた責任は日本にある。

この他にも、日本が朝鮮の文化と伝統を破壊して、めちゃくちゃにしてしまった例は枚挙にいとまがない。これらは証拠もなにもない「従軍慰安婦」の話ではない。資料も物的証拠も数多く残っている。言い逃れはできない。

日本政府は今からでも遅くはない。韓国および北朝鮮に対して、誠意を持って謝罪すべきである。韓国もまた日本の謝罪を受け入れてほしい。

両国が真に友好な関係を築くためには必要なことである。

ガキと議論をするな

なんで人を殺してはいけないのか

中学校の教師をやっている友人から、ある日、相談を受けた。

「この前、生徒から、なぜ人を殺してはいけないのかと質問されて、弱った」

「なんで弱ったんや」

「人の命はとても尊いからと答えたが、それならなぜ戦争では人を殺していいのかと聞かれた。それで、自分が殺されたくないなら人を殺してはいけないと言ったんだが、殺されてもいいと思う人間なら殺してもいいのではないかと言われた。それで、法律がそうなっているからだと言うと、法律って誰が考えたのだ？　もし法律がなければ殺人はいいのかと聞かれた。最近の中学生は頭の回転が早くて、結局、生徒を納得させることができなかった」

私は一言「アホか」と言った。

「お前みたいなアホが教師やってるから、アホなガキが増えるんや。『人を殺してはあかん！　これは理屈やない、以上』と答えたらすむことや」

「それでは生徒が納得してくれない」

「納得できないアホには、納得させる必要なし」

「そんな無茶な――それでは教師失格だ」

「何が教師失格だ。えらそうに言うな。お前、たしか数学を教えてたな。生徒全員に因数分解を理解させて卒業させてるのか」

「いや、それは――」

「いくら教えても因数分解が理解できないというか、理解しようとしない子がいるのは仕方がない。そういうのにいくら教えても無駄だ。それと同様、中学生にもなって、どうして人を殺してはいけないかがわからないアホには、何を言ってもわからない」

友人は初めて納得したような顔をしたが、私は喉まで出かかった言葉を飲み込んだ。

――お前は多分からかわれたんだよ。分別も理屈もわからないガキの土俵に大人が降りていってどうするんだよ。そんなだから生徒に舐められるんだよ。しっかりしろよ、先生。

常識に理屈はない

世の中には、こども相手に真剣に議論する大人がいる。そうすることで、たとえ相手がこどもでも対等の人格として相手している自分というものに、奇妙な自尊心というか矜持を持つようだが、これはとんでもない錯覚である。

ちゃんとした議論というのは、ある程度の教養と知識を持ち、それなりの経験を積んでいないとできない。まして「人間」も「社会」もろくに知らないこどもが高度な議論などできるはずもない。

中学生にもなって「なぜ人を殺してはいけないのか」が本当にわからないガキに何を言っても理解させることなんてできない。そういうこどもには「刑務所に入って損をするぞ」くらいしか言う言葉はない。

「なんのために勉強するんですか?」と小学生に聞かれて、必死になって答えを探すものの、その矛盾を突かれてあたふたする教師のいかに多いことか。

教師だけではない、テレビ番組の公開討論番組などで、「誰にも迷惑をかけていないのに、援助交際して何が悪いのですか?」と言う十代の女の子を説得しようとして、うまくいかない挙句に、最後は支離滅裂な言葉を連ねる文化人もよく見る。

「なぜ勉強するの？」も「援助交際の何が悪い？」の質問も、物理学や数学のような絶対的な答えなどない。したがって理論的に相手を説得することなんか不可能だ。

これらはすべて「常識」と呼ばれるものだ。「常識」とは社会と時代が作る。だから社会が変化すれば常識も変わる。しかし「人殺し」が正当化される社会はまず来ないだろう。そんな社会になれば人類はおしまいだ。「こどもの勉強」と「援助交際」に関してはわからない。いずれは二つともどうでもいい社会になるかもしれない。しかし現代は少なくともまだそんな時代にはなっていない。

だから、私ならその二つの質問にはこう答えるだろう。

「義務教育だから」

「法律違反だから」

ガキにそれ以上話すのは時間の無駄。

刑法を変えろ

殺人の量刑が軽すぎる

殺人事件の判決ニュースを見るたびに、「なんでそんなに軽い刑なんや！」と思う。現在は「一人殺したくらいで死刑はない」という考え方が、裁判官・検事・弁護士ともに共通した認識であり、被害者一人で死刑判決はまず出ない。

それどころか懲役十五年とか十年とかいう判決が普通に出る。人の命を奪っておいて、たったの懲役十年などありえない。模範囚なら七年くらいで仮釈放されて、社会復帰できる。しかし殺された者は社会復帰どころか、人生をやり直すこともできない。また親やこどもや配偶者などの大事な人を殺された者としては、十年くらいで悲しみと怒りが癒されるはずがない。その命を奪った犯人がのうのうと社会へ出て、人生を謳歌するのは我慢ならないと思う。少なくとも私ならそうだ。

現行刑法において、一つの事件で一番重いのは「死刑」、次に重い量刑は「無期懲役」であるが、その次に重いのは「懲役（あるいは禁固）二十年」である（ただし複数の刑が重なった場合は最長三十年）。つまり重い順から「死刑」→「無期」→「二十年」である。これを見て多くの読者は違和感を覚えないだろうか。「無期」と「二十年」の間に極端に差があるのだ。「懲役四十年」とか「五十年」とかはない。つまり人を殺しても、「死刑」と「無期」を免れれば、最高二十年でシャバに復帰できるというわけだ。

ちなみに「無期刑」とは「刑期に期限が無い」ことを意味しているだけで、「終身刑」ではない。現行刑法では「悔悟の気持ちがあり、更生の意欲があり、再犯の恐れがない」とみなされれば、「仮釈放」される。かつては平均十五年ほどで仮釈放されてきたが、最近はその期間が伸び、この二十年くらいは平均二十五年ほどになっている。これは無期懲役者に厳しくなったという見方もあるが、量刑が重かった昔なら死刑になっていた犯人であることを考慮すると、ある意味、バランスが取れているとも考えられる。

量刑が軽い理由

さて、なぜこんなに「量刑」が軽いのか？

それは現行刑法が作られたのが明治四十年（一九〇七年）だからだ。驚くなかれ、私たちは百年以上も前に公布された刑法を使っているのだ。もちろんこの百年の間に小さな改正は何度も行われたが、「大改正」は一度も行われていない。殺人・強姦・放火などの凶悪犯の量刑の考え方は、基本的に百年前のものと同じである。二〇〇四年の改正で凶悪犯に対しては若干法定刑が加重されたが、私に言わせれば全然足りない。

百年前の日本と現代の日本では何が最も違うか――平均寿命である。

明治四十年の日本人の平均寿命は男女とも四十四歳くらいである。平均寿命は乳幼児の死亡が多いと下がるので、当時の成人が平均四十四歳で死んだわけではない。それでも多くの人が亡くなる平均年齢は五十歳くらいだった。

つまり寿命を五十年と考えると、「懲役十五年」というのは決して軽くない「刑」だった。また昔は人を一人でも殺せば、ほぼ死刑だった。よほどの情状を酌量されて「無期」あるいは「十五年」の刑だ。たとえば、三十歳の男が人を殺して「懲役十五年」の刑期を務め上げた後に釈放されても、彼の残りの人生はもうほとんどないという状況だった。しかも明治時代の監獄の環境は今とは比べものにならないほど劣悪なものだったので、そこで体も相当弱まったと考えると、ほとんど寿命は残っていなかったかもしれない。

しかし現代は違う。医療が飛躍的に進み、また栄養状態も良くなり、平均寿命は男女ともに八十歳を超えた。殺人で「十五年」の刑を務めた男が釈放されても、まだ四十五歳。その後の人生は三十五年も残っている。もし模範囚ということで七年で「仮釈放」されたなら、残りの人生は四十年以上もある。

しかも現代の刑務所の環境は非常に整っている。食事は栄養までしっかり考えられ、見ようによっては私たちよりもずっと健康でいられる。また医療体制も充実していて、病気になればしっかりと治してもらえる。仕事の忙しさにかまけて、病院へ行く暇がなくて体を悪くしてしまう一般人より医療環境はむしろ恵まれているとも言える。

それだけ見ても、百年前に作られた「量刑」概念がいかに現代と合わないかがわかる。そこで有期刑の最長が二十年に改められたのだろうが、私から見ればまだまだ短い。

刑法の大改正を！

平均寿命の問題は加害者だけでなく、被害者にも当てはまることだと思う。

平均的な寿命が五十歳とすれば、三十歳で命を奪われた人は、残りの二十年の人生を奪われたということになる。四十歳の人なら十年の人生だ。しかし現代なら、三十歳で殺された人は残りの五十年の人生を失ったことになる。また、身内を殺された家族や友人が悲しみにくれる時間も、寿命がのびた分、昔よりはずっと長くなる。

「人の命を奪う」ということは、その人の人生の残り時間を奪うということであると、法律家ではない作家の私は考えている。つまり殺人の罪は百年前よりも重くなったと言えないだろうか。私が「殺人の量刑を重くしろ！」と主張するのはそういう理由である。

しかし現実には、「一人殺したくらいで死刑はない」が法曹関係者の常識になっているくらい「量刑」は軽い。もっとも近年はあまりに軽くなりすぎた「量刑」の反動で、少し厳し目の判決が出されるようにはなったが、それでも私に言わせれば全然軽い。法律は物理学や数学のような絶対不変のものではない。社会や時代の移り変わりによって改正していかねばならない。その意味では百年前に作られた刑法はもう寿命が尽きている。

そこで私はここに大改正を主張したい。

具体的には、まず「無期」を廃止して「終身刑」を導入する。そして一つの犯罪における定期刑の最高「二十年」もなくして、「懲役四十年」とか「懲役五十年」とかを作る。

しかしこんなことを言えば、人権派の弁護士や正義ヅラした文化人たちに「悪魔」と言われるかもしれない。かつて死刑執行の書類に何枚も判子を押した法務大臣を「死神」呼ばわりした、人権を標榜する大新聞もあるくらいだから。本当の「悪魔」や「死神」は、殺人を犯した犯人なのに——。

図書館は新刊本を入れるな

本くらい買ってくれ

たまに地方で講演をすると、控え室で地元の名士や有力者に挨拶されることがある。

「私は百田先生の御本の大ファンです」

嬉しくなって握手する手にも思わず力が入る。が、その力が抜けてしまうときがある。

「私はこう見えても読書家でしてね、先生の御本もいつも図書館で予約して一番に読ませていただいております」

なるほど、読書家ね、と私は心の中でため息をつく。

そう言う人の身なりはたいてい金がかかっている。何十万円もするスーツに、高価な時計、ピカピカの靴。乗っている車は高級車。それなのに、たった一六〇〇円くらいの本を買うことはしないのだ。しかもそれを作家に向かって堂々と言う――。おそらく彼の頭には「本は図書館で無料で読むものだ」という認識が普通にあるのだろうなと思う。

実は今、図書館が出版業界を大いに苦しめている。これには少し説明が必要だ。

現在、出版業界は未曾有の大不況で、出す本の大半が赤字、ないしは赤字すれすれで、大手を含むほとんどの会社が経営に苦しんでいる。何十冊かに一冊生まれるベストセラーで、かろうじて利益を出している状況である。ところが、そのベストセラーの多くが図書館で借りられ、利益のかなりを削られているというのが現状なのだ。

こんなことを書くと、「お前、まだ儲けたいのか！」と文句を言われるのはわかっているが、ここは私一人の問題ではないので、非難囂々を覚悟して言わせていただく。

「図書館は新刊を一年は入れるな！」

図書館は無料貸本屋か

現在の図書館は、はっきり言って「公共の無料貸本屋」になっている。とくにひどいのは、前述のようにベストセラーを大量に貸し出すことだ。

実は図書館の評価は利用率によってなされるので、どこの図書館もそれを上げるために、超ベストセラーが出ると、同じ本を何十冊も仕入れて、それを大量に貸し出すということをしている。本来、図書館が仕入れる本は一冊と限られているが、紛失や破損の場合を考慮して、複本として予備で仕入れることが許されている。図書館はそれを利用（悪用）して、複本を大量に仕入れるのだ。

実際、ベストセラーの利用率は凄まじく、十年ほど前、ネットで『ハリー・ポッター』の予約を見て驚いたことがある。横浜市の某図書館では、なんと予約が五千を超えていた。ちなみに横浜市には全部で十八の図書館があり、予約数はどこも似たようなものだった。つまり横浜市だけで、『ハリー・ポッター』を無料で読もうとしている人が、その時点でのべ一〇万人近くいたということだ。すでに借りて読んだ人やこれから予約しようとしている人を考えると、この何倍も無料で読む人がいるということになる。全国の三千以上の図書館、さらに同じくらいの数の大学や高校の図書館・図書室をすべて合わせると、とてつもない数字になる。ちなみに前述の横浜の図書館では予約数が千以上の本も珍しくないし、数百以上の予約が入っている本は何十冊とある。それらすべてのベストセラー本が全国の図書館で読まれる総数は、のべ何千万冊にも及ぶだろう。

つまり出版社にしてみれば、相当数の販売機会が図書館によって奪われたと考えても不思議ではない。もちろん著者にとっても同じだ。もっとも図書館で借りられなかったすべての人が実際に本を購入するわけではない。そもそも図書館のヘビーユーザーは本を買わないという説もある。実際、自分の前に一〇〇〇人を超える人が待っているにもかかわらず、それでも予約する人は、本当にその本を読みたいのかなとも思う。中には単行本よりもはるかに廉価な文庫本でさえ一〇〇〇人以上の予約がいても待つ人がいる。

私なら本当に読みたい本はすぐに買うが、これはその人の性格の問題と財政状況にもよるので、他の人にもそうしろと言う気はまったくない。ただ、図書館で無料で読まれるのべ何千万冊のうちの数パーセントでも購入されていたなら、出版社は相当な利益を得たのは間違いない。

図書館が圧迫するのは出版社と著者だけではない。町の書店も苦しめている。新刊本を定価で売っているすぐ横で、同じ本を無料で貸し出せばどうなるかは、誰でも想像できる。これはまぎれもなく「官による民業圧迫」である。二十一世紀に入ってから、平均すると一日一軒のペースで町の書店が消えている。そこには様々な理由があるが、図書館の存在もその一つであることは否めないだろう。

民業を圧迫している現実

私は図書館の存在をなくせと言っているのではない。それどころか、図書館は必要なものだと思っている。その町の文化の象徴であるとも思っている。高価な全集、学術書、専門書、図鑑などは普通の人が気軽に買うことは難しい。そうした本を揃えることは大いに意義がある。しかしエンタメの娯楽小説等のベストセラーを大量に仕入れて無料で読ませることに、どれほどの文化的意義があるというのだろうか。そういう本は読者に金を出して購入してもらえばいい。

　こういうことを言うと、必ず文句を言う人が出てくる。

「お金に余裕のない人や年金生活者、あるいは生活保護を受けている人は、娯楽小説を読む楽しみを奪われるのか！」と。

　これは極論もはなはだしい。しかし日本では、こういう弱者の味方をしたような言辞を弄する輩が非常に多い。

　私は生活に余裕のない人から本を読む娯楽を奪えとは言っていない。どんな小さな図書館に行っても、そこには一生かかっても読めないような名作小説が山のようにある。それらはすべて無料で読める。つまり誰でも娯楽小説を読む楽しみは無料で味わえる。

　繰り返すが、私が言っているのは、専門書や学術書以外のエンタメ小説を含む娯楽本の新刊をせめて一年だけは入れないでほしいということだ。一年経てば無料で読めるのだから、彼らの娯楽を奪っていることにはならないと思う。

これは出版社、書店、取次、著者を守るためでもあるが、敢えて言うなら出版文化を守るためでもある。ベストセラーと言っても大量に売れる期間は一年もない。せめてその期間くらいは、出版社と書店と著者の利益を守ってほしいと言っているのだ。

それでも「俺はベストセラーを読みたいんだよ！」と言う人は、申し訳ないが、書店で購入していただきたい。単行本の場合はせいぜい一六〇〇円、文庫本だとその半額だ。前者はファミリーレストランでの食事一回分、後者はコーヒー二杯分の値段である。所詮はエンタメの娯楽小説だ。どうしても話題の新刊を読みたい人は、それくらいのお金は清水の舞台から飛び降りるつもりで出してほしい。それとも、自治体は「お金に余裕のない人に、そんなことはさせられない」と言うのだろうか。

たとえば新作映画が封切りになったとき、自治体が「お金に余裕のない人」向けに、市のホールなどを使って、同じ映画を無料で観せたりしたらどうだろう。たちまち映画館は閑古鳥が鳴き、映画会社や配給会社は大きな痛手をこうむるだろう。また新作レンタルＤＶＤが発売されると同時に図書館がそれを大量に貸し出せば、街のレンタルショップは経営が立ち行かなくなり、ＤＶＤの発売会社も売り上げが激減するだろう。

今、図書館が小説に対して行っていることはまさにこれなのである。私がさきほど「民業圧迫」と書いたのは、この理由である。自治体が税金を投入して、住民に娯楽サービスを提供するのはいいことだと思うが、なぜ出版業界だけが犠牲を払うのかが理解できない。

欧米の図書館事情

世界に目を向けると、多くの国において公立図書館が出版文化を守るために公共貸与権（公貸権）制度が作られている。これは図書館が本を貸し出すことによって生じる出版社・著者・書店の逸失利益に対して補償をするというものである。

現在、イギリス、ドイツをはじめヨーロッパのほとんどの国が実施しており、ＥＣ加盟国は導入を義務付けられている。またカナダやオーストラリアも実施している。ちなみに日本は「映画」に関してだけは著作権者（映画会社その他）に補償金を払っているが、「書籍」に関しては補償金を一切支払っていない。

公貸権による補償の方法は様々だが、たとえばスウェーデンでは、図書館で本を借りる人からは一定の金額を徴収し、それを出版社や著者や書店に配分するシステムを取っている。私はこれは素晴らしいシステムだと思う。この制度を取り入れたなら、誰もがハッピーになると思えた。

ところが、この話を知り合いの男性にすると、彼は怒ったような顔でこう言った。

「何がハッピーだ。利用者だけが不幸になるじゃないか！　俺は高い住民税を払っているんだ。図書館の本は無料で読めて当然だ。これが住民の権利であり、民主主義だ」

私は「そこまで偉そうに言うほどの税金を払っているのか」と言いたいのを我慢した。だいたい税金をたいして払っていない者ほど、公務員などに向かって「誰の金で飯を食ってると思ってるんだ！」と言う傾向がある。もっとも納税額の多寡は関係ない。

私が何よりもうんざりしたのは「無料貸し出しは民主主義の原則だ」という言葉だ。実はこれは多くの図書館関係者が主張するものでもあるが、私はそれに異議を唱えたい。

住民税を払っているから図書館の本は無料で読む権利があるというなら、水道料金や市バスの料金、あるいは市営駐車場もすべて無料という理屈になる。これらは「受益者負担」といって、それを使用する者がそれなりの料金を支払うというのが常識である。国や自治体がサービスとしているのは、そのインフラ整備についてである。

図書館の本は国や自治体が作ったものではない。大半が民間会社が資金を投資して出版したものである。それを無料で貸し出して、「民主主義だ！」と胸を張られても困る。

図書館の存在意義

図書館をかなりひどく言ってきたが、実は図書館が出版社を支えている一面もあるのもたしかである。前述したように学術書、研究書、高価な図鑑などは正直、あまり売れる本ではない。発行部数も千部二千部の世界である。本によってはもっと少ない部数のものもある。はっきり言って、著者にとっても出版社にとってもまったく儲かる本ではない。それでもそういう本を出すのは、その本を出すことで文化的な意義があるという信念からだ。私が出版業界が凄いなと思うのは、そういうところだ。

しかしいくら出す価値があると思っても、まったくの赤字では出せない。出版は国から補助が出る商売ではないからだ。実はそれらの本を支えているのが図書館でもある。全国の三千以上の図書館が「書店では売れにくいが文化的な価値のある本」を購入することによって、出版社はぎりぎりの採算ラインが維持できるという状況もあるのだ。だから、出版社も図書館に対して「ベストセラーを何冊も置くな」と言いにくいのである。

出版社が黙っていた理由はもう一つある。日本人は世界のどこの国の人よりも活字が好きで、本は出せば売れるという状況が長く続いていた。だから図書館で大量に貸し出そうが、それほどの痛手ではなかったのだ。敢えて言えば、「そのくらいは……」と黙認していたというのが実情だ。

しかし時代は大きく変わった。昔はテレビも地上波しかなかったが、今はケーブルテレビや衛星放送などチャンネル数が激増した。ＤＶＤやブルーレイで名作映画がいつでも観られ、またテレビゲームやソーシャルゲームも夥しい数がある。さらにインターネット、スマートフォンと、人々の娯楽の幅が恐ろしいまでに広がった。少し前までは、電車の中で雑誌や文庫を読む人の姿は珍しくなかったが、今は滅多に見なくなった。

近年、雑誌も本も売れ行きは悲惨なほどに落ち込み、出版社はどこも火の車である。これは大袈裟に言っているのではない。歴然たる事実である。厳しい状況は書店も同じだ。読者の皆さん、書店員の大半が女性であるのはなぜだと思われるか？　妻子を養っていけるだけの十分な給与が出ないからだ。作家にしても同じような状況で、専業で食べていける小説家なんて、現代ではもう数えるほどしかいなくなった。

現在、出版社は数十冊に一冊、いや百冊に一冊くらい出るベストセラーでかろうじて息をつないでいる状態だ。何年も赤字が続いていた講談社は、『進撃の巨人』と拙著『海賊とよばれた男』のヒットで数年ぶりに黒字になった。集英社は『ワンピース』の連載が終われば、経営が大きな痛手を被るのは間違いない。今やほとんどの出版社がたまに出る宝くじのようなベストセラーで何とかやっている状態だ。実際、大半の小説は利益が出ないが（赤字の本も多い）、それでもそれらの本が出版できるのは、たまに出るベストセラーのおかげである。ところが、そのベストセラーを図書館が大量に無料貸し出しを行なって、出版社と書店を苦しめているのが現状だ。

全国の公立図書館員の皆さん、私たち作家も出版社も書店も慈善事業をしているわけではありません。皆、本を書くこと、本を出すことで、生活しています。本が売れなくなれば、出版社も倒産しますし、私たちも廃業します。それに町からは書店も消えます。「別にいいよ、すでに図書館には本がいっぱいあるから困らない」と言われればそれまでですが、出版社も書店もなくなった社会はやはり寂しいものではないかと思います。

この拙文を読んでくださった図書館関係者にお願いします。新刊は一年間くらいは置かない、という英断を！

売れなくてもいいならブログに書け

文芸の甘い世界

私は五十歳までテレビの業界にいた（今もまだいる）。文芸の業界に来て、この世界はアマチュアの世界かと驚いたことがいくつもある。

小説家デビューして三年目に初めて大手出版社の人たちと知り合った（それまでは太田出版という弱小出版社としか付き合いがなかった）。ある日、深夜まで打ち合わせをした帰り、文芸雑誌の編集部の部屋の近くを通ったとき、知り合いの編集者が机の前で手持ち無沙汰に座っていた。

「何してるの？　こんな時間に？」

と私が訊くと、彼は「今日、締切の原稿を待ってるんです」と答えた。時間は夜中の三時である。今日という日付はとっくに終わっている。

「こんな時間に送ってくるの？」

「いや、もう来ないでしょうね」彼は諦め顔で言った。「もう帰ります」

私が「遅れている原稿は一本？」と訊くと、彼は指を三本立てた。

「三本も！」私は驚いた。「大事件やないか」

「そんなことしょっちゅうですよ。珍しくもなんともないです」

「締切が遅れたらどうするの？」

「雑誌に穴が開きます」

穴が開くというのは業界用語だが、本当に空きページがでることはまずなく、ページを組み替えたり、代わりの原稿を入れたりして何とか間に合わす。

それでも私は唖然とした。こんなことはテレビ業界ではありえないことだ。下請けプロダクションが収録日までにＶＴＲを納品できなかったというのは見たことがない。

たとえば私が三十年近くチーフ構成を担当している「探偵！ナイトスクープ」（朝日放送）は隔週の収録に六本のＶＴＲがいる。このＶＴＲは一般の素人を相手にしているロケなので、何が起こるかわからない危険を常に孕んでいる。前日や前々日に予期せぬトラブルでロケが中止になることはよくあるし、ひどいときはロケ当日に、「家族が急病で取材ができなくなった」とか、「天候の急変で飛行機が欠航して現場に行けなくなった」とかいうこともある。そんなときは急遽、別のロケに変更したり、何とか工面、算段して、とにかく収録までにVTRを間に合わせる。編集時間がなくなり、三十六時間、あるいは四十八時間不眠不休で編集し、VTRを収録直前にスタジオに持ってきて、その場で倒れたディレクターを何人も見ている。テレビ業界では珍しいことではない。

それだけに締切日に原稿が間に合わなくて、雑誌に穴を開ける作家がいるということが信じられなかった。それを編集者に言うと、彼は苦笑しながら「一流作家は締切に遅れることはありません」と言った。「雑誌に穴を開けたりするのは、二流作家です」

その真偽はともかく、原稿を間に合わせることができない作家は、少なくともプロじゃないと思った。

納得のいかない作品は出せない

「テレビのロケは相手の都合もあるが、小説なんか自分で好きなように書けるのに、なんで遅れるんや」と私は訊いた。

「本人曰く、作家の誇りらしいです。納得のいかない作品を出すくらいなら穴を開けてもしかたがない、と言うのを聞いたことがあります」

「それやったら、締切のある文芸誌なんかに連載せずに、納得いくまで書ける書き下ろしで出せばええやないか。なんで連載なんかするんや」

「連載すると原稿料が出るんです。これが結構な収入で馬鹿にならない」

「ほな、金が欲しくて連載始めたわけやないか。そうしたら、締切に原稿を間に合わせる義務があるやないか」

　彼は困った表情で両手を広げた。

　いったいどこの世界に、納期までに品物を納めない業者があるだろうか。そんなことをすれば、当然きついペナルティーがあるし、最悪は契約打ち切りもある。しかしなぜか作家はそれが許される業種らしい。こんな甘い世界はほかにはない。

　もっとも文芸誌というのは、読者がほとんどいない雑誌だというのは後に知った。毎号出すたびに赤字で、出版社のお荷物であるということも。それならなぜ出すのかと言えば、そうしないと原稿が集まらないからだという。しかしそうして集めた原稿を本にしても、本が売れない現代では、投資を回収するどころか赤字を余計に増やしている状況らしい。作家の方も、文芸誌には「読者がほとんどいない」というのは知っていて、だからこそ、原稿を落とすようなことも平気でやるんだ、と件の編集者は言った。

「その証拠に、新聞連載や週刊誌連載で、締切を守らずに穴を開けたなんて話、聞いたことがありません。文芸誌は舐められているんです。もっとも新聞や週刊誌から連載依頼をされるような作家は、そもそも締切に遅れるような作家ではないですが」

そう嘆息しながら言う彼に、私は言った。

「君らが甘やかしてるだけやないか。作家本人が芸術家を気取るのは勝手やけど、金を貰ったら、プロとしてきちんと仕事をするのが当然やないか！」

まあ、かなりきついことを言ったが、読者の皆さんに誤解されないように付け加えておくと、締切を守らない作家はあくまでも一部の人だ（そうです）。大半の作家はきちんと締切を守る。しかし、たとえ一部でもそういう作家が存在して、それを大目に見ている業界というのは、どうにも好きになれない。

売れようと思って書いていない、という作家

先日、知り合いの編集者とある作品の話をしていた。その作品はたまたま彼が編集担当した小説だった。

私は自分の腕のなさを棚に上げて、その小説の欠点をいくつもあげつらった。そして失礼極まりないことに、その編集者に向かって、「なぜ、こういうふうにしなかったの

か」「この展開をこうすればよかったのに」と好きなことを言った。

　すると彼は「私もそう思います」と言った。それで私は「それなら、作者にそれを伝えて、書き直してもらうべきやったんやないの」と言った。

「言いましたよ。でも、聞いてもらえませんでした」

「そうか。それではしかたがないなあ」

「編集者は作家に意見を言ったりアドバイスをしたりしますが、作品は作家のものなので、最終的には彼の意思がすべてです」

「そやけど、さっきぼくが言うたように書き直したほうが売れると思うのになあ」

「実は、私も最後にそれを言ったのです」編集者は苦笑しながら言った。「こう書き直したほうが読者に面白く読んでもらえると思いますよ、と。そしたら、その作家、なんて答えたと思います？」

「なんて言うたの？」

「わかるやつにわかればいいんだ、と」

　私は思わず「ええっ！」と声を上げた。

「その作家はこうも言ったのです。俺は自分の書きたいように書く。売れようと思って書いているわけじゃない、と」

「すごいこと言うね」

「そのとき、私は喉まで出かかった言葉を必死で飲み込みましたよ」

「なんて言おうと思ったの？」

「それなら、何もうちで出版しなくてもいいじゃないですか、と」

私は大笑いした。まさしく彼の言うとおりだと思ったからだ。出版社は慈善事業で本を出しているのではない。そこに働く人たちは、会社の利益を上げるために仕事をしている。そしてその給料で家族を養っている。出版は文化事業でもあるが、文楽のように国から援助されているわけでもなければ、自治体から補助があるわけでもない。売れない本を出せば赤字になるし、自分たちの給料にも響く。それに本を全国に配本する取次会社の社員も、それを一冊一冊売る書店員も、すべて本を売ることで生計を立てている。だから、私たち作家は自分たちのためだけでなく、彼らのためにも「売れる本」を出さなくてはいけない。少なくとも赤字になるような本は絶対に出してはいけない。

書きたいものを書いて売れるなら、何も問題はない。しかし書きたいものを書いて、売れないなら、出版する理由はない。ちなみに、その編集者と話していた小説は全然売れずに赤字を出していた。

彼はうんざりした顔で言った。

「編集者の言うことなどろくに聞かずに、書きたいように書いて、全然売れなくて出版社に損をさせている作家なんてごろごろいますよ」

しかしそう言う彼に同情する気にはなれなかった。そんな本を出す彼も出版社も悪いと思ったからだ。私が編集者なら、そんな作家にはこう言うだろう。

「『売れなくてもいいから書きたいものを書く！』と言うなら、ブログかフェイスブックにでも書いていたらどうですか」と。

自分の理想とする小説を、締切も気にせず、商業主義に毒された編集者の間抜けな意見にも耳を貸さず、書きたいものを書きたいように書けばいいだけの話だ。多くの人が誤解していることだが、「純文学」というのも娯楽小説の一つである。

二流作家の覚悟

私は所詮二流作家だが、小説家になったときに決めたことがある。それは三作続けて重版がかからなければ即引退するというものだ。「売れない」ということは二つの意味がある。一つは「出版社に損をさせた」ということ。もう一つは「世間の人が喜ばなかった」ということである。そんな作家が本を出す意味などどこにもないと思っている。私は、小説家という職業を一口に言うなら、「今から、面白い話をするから、ゼニをくれ！」という、とんでもない仕事だと思っている。

時々想像する。遠い遠い昔、人類がようやく言葉を持ち始めた頃、そこにもきっと面白おかしい作り話をする男がいたに違いないと。寒い夜、洞窟の中で大勢の人が火にあたりながら、男の語るホラ話にハラハラドキドキし、ときに涙を流し、ときに腹を抱えて笑っている光景が目に浮ぶ。おそらく男はあまり有能な狩人ではなかっただろう。言ってみれば「役立たず」だ。しかし、皆は男の話に喜び、彼に肉や果物を与えたと思う。

時は過ぎ、二十一世紀の現代でもこれは変わらない。小説家みたいなヤクザな者が食べていけるのは、この社会で一所懸命に働く人々がいるからにほかならない。だから小説家は、そんな人々を笑わせ、泣かせ、感動させなくてはならない。

売れない自己満足の作品を他人の金で出すような真似は許されないと思う。もし、私が職業作家を引退した後に、「それでも何かを書きたい！」と思ったら、自分のホームページにこつこつと好きなものを書く。

第三章　これはいったい何だ？

この章では、私が日頃から「これはいったいどういうこと？」「どうしてこんなものがあるの？」「この考え方が理解できない」と思っていることをぶつけてみたい。

世間の大多数の人には普通に見えていることかもしれないが、私には、どうしてこんな奇妙なものや考え方が存在するのか不思議でならないことがいくつもある。

もしかしたら同じ思いを持っている人がいるのかもしれないが、なぜか口に出して言う人があまりにも少ない。おそらく口に出せば、「偏屈な人」「変人」扱いされるか、「人非人」「ろくでなし」と非難されるのを恐れているのかもしれない。

しかしもともと偏屈で変人である私は、別に何も恐れるものはない。

そこで堂々と「これはいったい何だ？」と言わせてもらうことにする。

少数意見を取り上げるべきか？

得票率2パーセントの政党の存在意義

国会で「政党」として認められるのは、所属議員の数が五人以上か、直近の国政選挙で得票率が2パーセント以上ある政治団体という決まりがある。つまり議員が四人以下で得票率が2パーセントに満たない場合は政党としては認められないのだ。私はこれはまっとうな規則であると思う。

世の中には「少数意見を大切にしろ」という意見がある。一見、非常にもっともな意見のように聞こえるが、はたしてそうだろうか。

たとえば社民党という政党がある。昔は「社会党」と言った。人権のない旧ソビエト連邦を理想的な国家とし、人民を奴隷化して金日成主席の絶対王政とも言える北朝鮮と友好関係を結び、かの国による日本人拉致事件はでっちあげであると主張してきた政党であるが、さすがに積年の嘘と売国的主張により、国民の支持を失い、最近では得票率はぎりぎり2パーセントを超えるくらいで、議員数も最低ラインだ。それでも党首は

「少数意見を取り上げろ」と主張するが、私は「ちょっと待ってくれ」と言いたい。

得票率2パーセントの意見というのは、はたして少数意見なのだろうか。たとえば中学校のクラスに五〇人いたら（今は少子化でこんな大勢のクラスはないが）、2パーセントというのは、そのうちのたった一人である。みなさんも中学時代を思い返してもらいたいのだが、いつの時代でも五〇人に一人くらいむちゃくちゃな意見を言うバカがいたはずだ。他の四九人がうんざりして、「また、こいつがむちゃくちゃ言い出した」という存在だ。町内会でも五〇人にひとりくらいは、どうにも対処のしようがない厄介者がいる。2パーセントというのは、そういう数字なのである。たしかに「少数意見」ではあるが、98パーセントが「納得できない」という意見は、切り捨てていい意見だと思う。

私は少数意見として取り上げる価値のあるものは10パーセント、少なくとも5パーセントの支持くらいは必要だと思う。つまり五〇人のクラスなら、その意見を持っている人間が二人くらいは必要という計算になる。

こんなことを言えば、「弱者を切り捨てるのか！」と怒鳴る人が出てくるのは目に見えている。前にある野党議員とこの話題をしたとき、彼は顔を真っ赤にしてこう言った。

「もし障碍者に優しい社会を作りたいと考えても、彼らが国民全体の2パーセント以下なら、彼らに対しての政策はやらなくていいということか！」と。

こういう意見こそ、屁理屈というべきである。障碍者に優しい社会を作りたいと考えているのは2パーセント以下の障碍者ではない。私も含めてそれ以外の多数の健常者だってそう考えている。つまり、その意見は決して2パーセントの少数意見ではない。

私が言っているのは、「2パーセント以下の人しか賛意を得られない意見は無視していいのではないか」ということだ。何度も言うが、これは少数意見の切り捨てではない。五〇人に一人しか理解できない意見というものは、本来は耳を傾ける意見ではない。これはほとんどノイズと言えるものである。

こんなことを言うと、「絶対多数が常に正しいと言えるのか！」「少数意見を弾圧したかつてのナチスドイツはどうなんだ！」と言う人がいる。だから少数意見を侮るなかれという理屈だ。

実はナチスに関しては多くの人が誤解している。ナチスが政権を取った一九三二年の選挙では得票率は37・3パーセントだった。彼らが恐ろしいのは、非常に狡猾で悪辣な方法でもって、その他の62・7パーセントの意見を封じてしまったことにある。しかしナチス以外のすべての政党を潰してから行われた一九三三年一一月の選挙でも、ナチスの得票率は92・2パーセントだった。ナチスの例は実は民主主義の弱点を示唆しているのだが、ここでそれに踏み込むと、本一冊あっても足りないので、ここで措く。

全員が納得する政策などない

話を戻すと、「少数意見を大切に」という言葉は、正しく美しい言葉に見える。それだけに危険な面を含んでいる。

100パーセントの人が満足できる政策や施策など、この世に存在しない。そんなものを目指せば、あらゆる議論が前に進まない。しかし現実には、たったの2パーセント、いやときには1パーセント以下の反対で、物事が前に進まないということが多くある。

私は弱者切り捨てを主張しているわけではない。新しい政策で損をする人を助けるべきだという意見が5〜10パーセント以上あれば、その意見には真剣に耳を傾けるべきであると思う。しかし2パーセント前後しかない超少数の意見は、厳しいようだが無視してもいいと思う。

誤解しないでもらいたいのだが、「少数意見を切り捨てる」ということと「大多数の意見を通す」ということは同じではない。それはまったく違う次元のものだ。

テレビの討論番組は公平か

一九五〇年代のアメリカ映画「十二人の怒れる男」は、陪審員制度を描いた傑作であるが、冒頭で一二人の陪審員のうち一一人が「有罪」票を投じたのに、一人だけが「無罪」票を投じる。映画はこの「圧倒的少数意見」をめぐって、激しい議論を繰り返すドラマが演じられるのだが、一二人中一人というのは、実は圧倒的少数意見ではない。正確に言えば8・3パーセントの意見なのである。これは十分に耳を傾けるべき意見であると思う。乱暴な意見を承知で言うが、五〇人の陪審員がいて、四九人が「有罪」と認めれば、「有罪」でもしかたがないのではないかと思う。ちなみにフランスでは、重罪の場合、陪審員九人中六人が有罪と認めれば有罪になる（軽罪の場合は過半数）。

裁判とは違って、政治の世界においてはなかなか反対意見を無視できない。

日本は「決められない政治」だと言われている。戦後七十年、あらゆるところに制度の弊害が起きている。多くの人が「このままではいけない」「何とかしないとダメだ」と頭ではわかっている。しかし大きな改革ができない。なぜか——改革には必ず、それによって「損をする人」が出てくるからだ。彼らはしばしば弱者のふりをする。そうすると、もう無視はできなくなる。彼らの意見は比率的には少数でありながら、大きな発言権を得る。どうかすると、絶対的多数の意見と同価値を持つ意見として取り上げられる。

これに似ているのが、テレビなどでよくやる各政党の国会議員を呼んで討論させるという番組だ。不思議でならないのは、三〇〇人も議員がいる政党の議員と五〇人しか議員がいない政党の議員や五人しか議員がいない政党の議員が同じスタジオでそれぞれ同じ人数で対等に話しているという図だ。これは「民主主義」ではないだろうと思う。

民主主義なら、スタジオに揃える議員の数もそれぞれの得票率に合わせて配分すべきなのではないかと思う。それが物理的に無理なら、発言時間に多少の差をつけてもいいのではないか。一見、平等を装いながら、実はとんでもない偏りの番組であることを制作側も視聴者もわかっていない。

あー、こんなことを言えば、また「百田は全体主義」「ファシスト！」とバッシングを受けるのだろうな。

これがセクハラ？

水着ポスターがアウト

先日、某企業の管理職の友人と話しているとき、彼がうんざりした顔で言った。

「この前、セクハラの研修会に出たんだけど、説明を受けているだけで鬱になったよ」

どういうことだと私が聞くと、彼は研修で聞いたセクハラの実例を挙げた。

「たとえば、上司が部下の女性を連れて取引先に行き、そこの応接室に通されたとする」

「うん、それで」

「その部屋の壁に水着の女性のポスターが貼ってあって、それを見た部下の女性が、『不愉快だから帰りたい』と言ったとする」

「それはまたわがままなセリフやな」

「その時、上司は、大事な商談だから写真は我慢しなさいと言うと、それでセクハラ認定されるんだ」

私は思わず椅子から転げ落ちそうになった（それは嘘だが）。

「なんで、それがセクハラになるんや？」

「部屋に女性の性的な部分を強調したポスターが貼ってあり、そのことを不快に感じている女性を、強制的にいさせたということで、アウトなんだと。裁判になるとほぼ勝てないと」

「ほんまかいな」

きれいになったね、もアウト

友人は他にも研修で弁護士から聞いたセクハラの実例を挙げてくれた。それによると、「髪切ったの？」「きれいになったね」「セクシーだね」「痩せたんじゃない？」「休みの日は何してるの？」などの言葉も、言われた女性がセクハラと思えば、アウトということだ。実際に裁判で負けたケースらしい。「頑張れよ」と言って肩を叩くのもアウト。

「なんで、それがダメなん？」

「要するに、女性がその言葉や質問や身体的接触を、不快と感じた場合はすべてセクハラ認定を受けて、訴えられたら負けるんだ」

私はうーんと思った。

こんなのがアウトなら、いつも「オッパイ大きいなあ」とか「今、パンツ見えたで」とか言っている私はどうなるのだ（念のために言っておくが、相手を選んで言っている）。

私の品のない言葉に比べれば、「きれいになったね」とか「セクシーだね」なんて言葉などはどう考えてもセクハラではない。むしろ好きな男性から言われたら一日楽しい気分でいられるような言葉だと思う。要するに、言われたくない相手に言われたから不快なのだろう。

「まあ、触らぬ神にたたりなしだけど、仕事だからそうも言ってられない場合もある。たとえば、ちょっと問題のある部下の女性に個人的に注意しようとして、お茶に誘ったりしても、訴えられる可能性があるらしい」

「部下を気軽にお茶も誘えへんのか」

「もしお茶や食事に誘って断られて、その後、その女性を異動させたり、慣れない業務をやらせたりした場合、その女性から、『自分にふられた意趣返しで異動させられた』と訴えられたら、相当厄介なことになるらしい」

「参ったな。一度でもお茶に誘って断られたら、もうその女の子の仕事には口を出せなくなるやないか。アンタッチャブルやな」

「緊急の連絡用に携帯の電話番号を訊いただけで、やられたケースもあるらしい」

「ほな、女の子には会社から仕事用の携帯を支給しないとあかんなあ。経費もかかるで」

友人に言わせれば、最近はセクハラの拡大解釈がどんどん行われているという。

たとえば、「向かいの席の男性社員がいやらしい目で見るから、席を変えてくれ」とか、「社内不倫しているカップルの存在が不快だから、別れさせろ」と、人事部に訴えてくるケースもあるという。

「そうなったら、男性社員は職場ではサングラスをかけんとあかんな」

「職場でサングラスは不自然だ、きっと視線がわからないようにして、体を見てるに違いない、ということで訴えられるかもしれん」

たしかにそれも十分ありうる。

ひどいのになると、社内恋愛で破局すると、女性が男性をセクハラで訴えるケースもあるという。それが上司と部下の不倫だったりしたら、目も当てられないことになるだろう。お互いが合意の上での付き合いだったとしても、女性が「パワハラで嫌々付き合わされた」と証言すれば、上司はまずクビだし、下手すれば、莫大な慰謝料を支払うことになるだろう。

すべての言動はセクハラに通ず

セクハラはよくない。それは事実だ。

日本は女性の立場が弱かったので、長い間、女性は職場でセクハラに苦しんできたと思う。耳を塞ぎたい下品な下ネタを聞かされたり、性的な質問をされたり、飲み会で体を触られたり、断っているのにしつこく誘われたりと、こんなことは珍しくなかったと思う。

そこにパワハラが加われば、これはもう断じて許せない。クビや転勤や異動をちらつかせながら、セックスを強要する上司などは、男の風上にも置けない最低の人間なので、社会的制裁を加えるべきだと思う。しかし、昨今の「女性が不快に思えばすべてセクハラ」という概念は明らかにおかしいと思う。

冒頭に書いた水着写真の話は、さらに広げて解釈すれば、ミニスカートの写真でもアウトになる。ミニではなくても、胸を強調したり、体の線がくっきりと見える服でもアウトだろう。極端なことを言えば、顔だけの写真でも、「唇が男性を誘っているような扇情的な写真だから不快」という理屈も成り立つ。

拡大するハラスメント

また男女同権というなら、男性が女性から性差についての発言をされてもセクハラが成り立つ。女性から「ヒゲ濃いね」とか「のどぼとけ出てるね」とか言われても、それを不快に思った男性は女性を訴えることが可能だ。女性社員からハート型の目で見られたイケメン社員が、「いやらしい目で見られた」と訴えることも十分ありだ。

前に橋本聖子議員がスケートの高橋大輔選手に強引にキスをした写真が流出するという事件があったが、これなどは高橋選手がセクハラで訴えれば、一発でアウトだろう。一部マスコミは橋本議員を非難したが、大方は単なる滑稽な出来事として捉えていた。しかし、これを寛大に見ている風潮こそが、実は大変な男性優位思想の象徴なのであるということを、多くの文化人やフェミニストたちも気付いていない。もし男性議員が女性アスリートに強引にキスをしていたなら、彼はまず失職していただろう。

ちなみに私は断然マッチョ思想の持ち主なので、橋本聖子議員の行為は全然大目に見ている。

セクハラの解釈をさらに広げると、男性社員が男性社員を訴えることも可能である。世の中には女よりも男が好きな男性もいる。ということは、男性から「ハンサムだな」とか「いい筋肉してるな」と言われた場合、もしかして、その男性から性的に見られたかもしれないという解釈も成り立つ。それで、それを不快に感じ、セクハラと訴えれば、はたしてどうなるだろう。性同一性障害のカップルが認められる風潮であるから、当然、同性間のセクハラも認められるべきであると思う。もちろん同性愛なら女性社員が女性社員をセクハラで訴えることも可能だと思う。もちろん深刻なダメージを受けた場合、訴えるのもやむをえないが、こういうやり方が一般化すると、悪用する向きも増えるだろう。結果として社会はギスギスしてしまう。

敢えて極論を言えば、世の中には老人に対して性的に欲情する人（ジェロントフィリア）もいる。若い女性から「素敵なシルバーグレイですね」と言われたことで、自分が性的な対象物に見られたと感じて不快に思った年寄りが、彼女をセクハラで訴えることも理論上は可能であるはずだ。

そのうちに、小さな子に「かわいいね」とも言えなくなる時代が来るかもしれない。

チャリティー番組は誰のため？

慈善で大儲けする構造

今や国民的番組となった感のある某チャリティー番組。三十年以上もテレビの構成作家をやってきた者として、この番組の企画も内容も素晴らしいということは認めた上で、敢えて言いたい。私はあの番組が好きではない。

偽善が嫌なのではない。気持ち悪いのは、テレビ局やタレントたちが声を嗄らして視聴者に募金を訴え続けていることだ。募金などというものは、自主的にするものだと思う。公共の電波を使って大々的にやるものではない。結果的に、恵まれない人が助かるからいいではないかと言う人もいる。それはたしかにそうで、そのことは認める。

しかし――と私は言いたい。それなら、テレビ局も寄付したら、と。

もちろんテレビ局も寄付しているのは知っている。だが、それは莫大なCM料金の一部にすぎない。実はその番組はCM料金も高く、しかも二十四時間放送しているので、この日一日だけでテレビ局には多額のスポンサー料が入る。二〇一三年に某週刊誌が、

「番組総制作費が四億二〇〇〇万円に対し、CM収入が二二億二七五〇万円であった」と報じた。その記事に書かれていることが事実なら、視聴者に募金を呼びかけ、チャリティー番組を放送している一方で、自分たちは大儲けしている構造だ。

これはタレントも同様である。局は「基本的にボランティアでお願いしております」と言っているが、それはありえない。局自身が「場合によっては謝礼という形でお支払いをしております」とエクスキューズしているし、実際は末端の出演者も含めて出演料はかなりの額というのが業界の噂である。その噂が本当なら、出演者たちは多額のギャラを懐にしながら、視聴者に向かって「募金してください」と言っていることになる。

もっとも業界に伝わる某タレントの美談は有名だ。そのタレントはテレビ局の提示したギャラになかなかOKせず、その値はどんどん上がっていった。そしてテレビ局が「もうこれ以上は払えません」と言うと、そのタレントは「では、それでやりましょう。ただし、条件があります。そのギャラは全額寄付してください」と言った。この話はテレビ業界だけでなく、昔からネットにも広く知れ渡っている。ただ、真偽は不明である。

このエピソード以外に総合司会のタレントがギャラを寄付したという話はほとんど聞かない。もちろんほとんどのタレントがギャラの一部を寄付しているとは思うが、全額ないし半額を寄付したというのは寡聞にして耳にしたことがない（こっそりと寄付しているのかもしれないが）。巷の噂では、総合司会者には非常に高額なギャラが支払われていると聞くが、実際のところはわからない。

もちろん稼ぐことは悪いことではない。それだけのギャラを取れるだけの価値があるタレントだからだ。ギャラはタレントの価値と仕事の対価に払われるものだ。決して非難されるべきものではない。しかし、それは一般の番組での話だと思う。チャリティーと銘打ち、テレビを見ている視聴者に募金を呼びかける番組なら、ボランティアでやるのが筋ではないか。お小遣いを一所懸命に貯めた貯金箱をスタジオに持ってきたこどもたちに、「坊や、えらいねえ」と頭を撫でているタレントが、実はその仕事でがっぽり稼いでいるという図は、私にはどう見ても気持ち悪い。

ただ、タレントにはギャラの多くを寄付できない事情もある。というのは、タレントについているマネージャーやメイクアーティストや付き人などに報酬を支払わなくてはならないからだ。所属するプロダクションの経費もある。それによほどの大物タレントでない限り、プロダクションの意向には逆らえない。仕事を選ぶのもギャラの交渉をするのも基本的にはプロダクションだからだ。

欧米ではチャリティー番組に出演する歌手や俳優、有名スポーツ選手はノーギャラでのボランティアが基本だ。日本の某大物お笑いタレントは「ギャラが出るなら出演しない」と言って、オファーを断っているという話も聞く。これは筋の通った見識だと思う。

某番組の目玉のひとつは、100キロマラソンである。二十四時間で100キロを完走できるかというハラハラドキドキの生中継で、最後は涙のゴールシーンで幕となる。

私は某テレビ関係者からこのランナーたちのギャラを聞いたことがある。ここでは言えないが、「そんなに貰えるんやったら、俺にも走らせてくれよ！」と言いたくなるほどの額だった。もっとも私が走ったところで、番組的にはまったく価値がない。

絵になる障碍者

私がその番組で一番嫌なのが、系列局が作った「障碍者ドキュメンタリー」が挿入されるところだ。私もテレビ業界の端くれにいる人間なので、そのドキュメンタリーの制作の内側をある程度知っている。

まずリサーチャーが集められ、プロデューサーから「ドキュメンタリーになりそうな障碍者を探してこい」と命じられる。リサーチャーたちが方々駆けずり回り、「障碍を持ちながら、頑張って何かに取り組んでいる人たち」を見つけてきて、会議に出す。プロデューサーやディレクターや構成作家たちがそのリストを見ながら、撮影対象者を選ぶのだが、この会議はちょっと聞いていられないほどおぞましいものだという。

というのは、選ばれる一番の要素が「絵になる障碍」ということだからだ。「絵になる」とは業界用語で、「映像的にわかりやすい」ということだ。ここからはあまり詳しくは書けないので、読者に推し量ってもらいたいのだが、要するに映像を見てすぐにどんな障碍を持っているかがわかるのがベストということだ。あと、軽い障碍よりも重い障碍（ただしあまりに重いと深刻すぎてだめ）、大人よりもこども、男性よりも女性のほうが「絵になりやすい」と考えられている。そこに周辺の家族のドラマがあればよりいい。そして障碍者が取り組んでいるものは、ただの日常生活ではだめ、できればスポーツや音楽や芸術関係が望ましい。他にもいくつかポイントがあるが、皆で意見を出し合って、最終的にはプロデューサーとディレクターが「絵になる」障碍者を選ぶというわけだ。

本来、ドキュメンタリーとは、「『ハンデを背負って生きている障碍者』の存在を知った番組関係者が、彼あるいは彼女が懸命に頑張っている姿に感動して、その生き様を多くの人に知ってもらいたいため」に作るというのが形のはずだ。しかし某番組はそうではない。「チャリティー番組」として放送するために障碍者を探すという本末転倒な作り方をしているのだ。そのためにリサーチャーに何人もの候補者を探させ、それを「絵になる」という基準で取捨選択するという姿勢は、私にはとても受け入れられない。

その番組は全国の系列テレビ局の多くが制作に参加する。ここだけの話、構成作家のギャラも通常よりはかなりいい。実は私も過去に系列局から何度か声をかけられたが、すべて断ってきた。チャリティー番組をやるなら構成作家はギャラを受け取ってはならないと思っていたからだ。「もらったギャラを寄付すればよかったのでは？」と言われればそうなのだが、そこまでしてやりたい仕事ではなかった。

慈善は自らの血を流してこそ

もっとも、視聴率の高い番組内で放送されることによって多くの人が障碍者の実態を知り、彼らを支援していこうという輪が社会全体に広がるのは間違いない。ボランティアや寄付は多かれ少なかれ偽善だという極論もある。何より大事なのは結果である、と。

番組全体を見ても、多額の寄付が集まるのはたしかだ。それらは実際に貧しい人たちや恵まれない人たちを助けることになる。ふだん寄付なんかあまり行なわないようなスポンサー企業も、この日ばかりは企業イメージアップのために多額の寄付をする。だから番組の社会貢献度は非常に高いと言えるし、放送する意義も意味もあるいい番組だと思っている。もしテレビ局がこの日一日の収益（CM料金）から経費を差し引いた分のすべてを寄付に回していたら、私は両手を上げて番組を絶賛していただろう。

地上波の電波は総務省の認可を受けているとはいえ、実質的には数局の独占事業である。民放キー局は収益から見ればタダに近い電波利用料で「公共の電波」を自由に使い、莫大な利益を得ている（電波利用料の約五〇〇〜八〇〇倍！）。キー局および準キー局の局員の給与はあらゆる業種の中でも群を抜いて高いし、有名タレントの高額ギャラは庶民感覚を超えている。その恩恵のお返しの意味でも、一年に一日くらいは採算を度外視したチャリティー番組を放送してもいいのではないか、というのが私の素直な気持ちである。逆に儲けてどうするのだ。番組そのものは素晴らしいだけに、惜しいと思う。

慈善を訴えるなら、まず自らがそれを行なってほしい。

それで思い出すのは杉良太郎氏の行動だ。人気俳優である杉氏は若い頃から慈善活動をしているのはよく知られている。毎年、私財を何千万円もなげうって恵まれないこどもたちや障碍を持った人たちに寄付をしている。親のないベトナムの孤児を七〇人以上も養子にしている。

先の東日本大震災でも、杉氏は妻（歌手の伍代夏子氏）や事務所のスタッフらを引き連れて被災地を訪れ、車両十二台（20トントラック二台、タンクローリー車一台、冷蔵・冷凍車二台、その他の車七台）で、多くの救援物資を届け、杉氏自身が味付けしたカレーライス五千食、豚汁五千食、野菜サラダ三千食を被災者に提供した。さらに水2トン、男女下着類四千枚、歯みがきセット一万セットなども持ち込んだという。はたしてこれがどれくらいの費用になるかはわからないが、一億円は優に超えるだろう。

杉氏がこれまでに慈善活動に費やした金額は数十億円と言われる。驚くべき額である。簡単にできることではない。そんな杉氏に、「偽善だろう」という言葉を投げつける人が少なくない。あるインタビューでそう聞かれたときの杉氏の答えがふるっている。

「ああ、偽善で売名ですよ。偽善のために今まで数十億円を自腹で使ってきたんです。私のことをそういうふうにおっしゃる方々も、ぜひ自腹で数十億円を出して名前を売ったらいいですよ」

痺れるくらいかっこいいセリフである。

「○○はしない主義」って何？

仕事で出会った人と少しばかり親しくなって、飲みに行ったりして話していると、会話の中に、「俺は○○はしない主義だ」とか「これだけはやらないのをモットーにしている」という言葉が飛び出すことがある。もちろん、こういうことをしょっちゅう豪語している人もいる。面白いことに、そんなことを言うのはたいてい男だ。

ちなみに私がこれまでの人生で聞いてきた主義やモットーは以下のようなものだ。

「他人の悪口は言わない主義だ」
「部下の女には手を出さない主義だ」
「同僚の足を引っ張ることだけはしない主義だ」
「上司におもねるようなことはしない主義だ」
「過ぎたことはくよくよしない主義だ」
「別れた女には未練を残さない主義だ」
「中古品は買わない主義だ」

――などなど。中には「主義やモットーは持たない主義だ」というよくわからない主義もあった。

私はそういうセリフを聞くたびに、「ああ、本当はそれがしたくてたまらないんだな」と思う。というのは、人間は本当に絶対にやらないことは、わざわざ言葉にしないし、そもそも考えることもしないからだ。

たとえば「俺は絶対に横断歩道の前で大便をしない主義だ」とか「金に困っても銀行強盗だけは絶対にしない主義だ」とか「ナマのイモムシだけは食べない主義だ」とかは言わない。要するに普通の人間ならまずしないようなことをわざわざ口にした人にはお目にかかったことがない。

つまり、他人に向けて「俺は絶対に○○だけはしない!」ということを宣言するということは、実はうっかりすると、それをしてしまいかねない自分に気付いているからだ。

関西弁で「ええかっこしい」という気取った男は、女性の前でよく「○○はしない主義だ」と格好をつけて言うが、私はそれを聞くたびに内心おかしくてたまらない。

ああ、この人は本当はそれがしたくてたまらない人なんやなあ、と。

本当に格差社会なのか？

いつの時代と比べている？

現代は「格差社会」だと言われている。そしてその格差は年々広がっていて、特に若者が割を食う構造になっていると、マスコミやメディアはこぞって訴える。

これをテーマにしたトマ・ピケティの『21世紀の資本』が日本でもベストセラーになったのは記憶に新しい。それくらい多くの人が関心を持っていたテーマとも言えるが、意地悪な見方をすると、六〇〇〇円近い本を買う人たちは実は富裕層に近いのではないかという気もする。

それはさておき、「今の日本は格差社会だ！」と声高に主張する人たち、そしてそれを肯定する人たちは、この国の現在の状況を何と比較して言っているのだろうか。

たとえば日本という一国の中で見た場合、私たち現代人は歴史上最も格差の少ない社会に暮らしているのは間違いない。近代だけを見てみても、戦前の格差は今とは比べ物にならないくらいひどかった。一例を挙げれば、中学に進学できる者は三割もいなかった。その上の高等学校、さらに大学へ進む者など、本当にひとにぎりの富裕層に限られていた。

戦前、三大難関校と言われていたのは、第一高等学校（後の東大）、海軍兵学校、陸軍士官学校だ。いずれも大変な秀才しか合格できなかったが、実はなぜ兵学校と士官学校の難易度が高かったのかといえば、その二校は学費と寮費が無料だったからだ。つまり、家が貧しいためにナンバースクール（第一高等学校から第八高等学校まであった）に進めなかった優秀な中学生の多くがそこを受けた結果である。

ちなみに大正十三年生まれの私の父は高等小学校しか出ていない。彼の弟も、母方の三人の兄（私の伯父）も皆、最終学歴は高等小学校だ。伯父の一人は就職のために十四歳で海軍に入った。当時の軍隊は貧しい少年たちの就職先のひとつでもあった。古参兵の多くは除隊しても就職先がないためにずるずると軍隊にいた人たちだ。

その前の明治時代の格差はさらに激しい。貧しい農家の娘たちは紡績工場で奴隷労働のように働かされたし、売春宿に身売りされた娘もいくらでもいた。その一方で、夏目漱石の小説によく出てくる、何もしないで遊んで暮らしている高等遊民がいた。大臣や財閥の一族の暮らしなど、まさに王侯貴族のようなものだった。明治二十三年に初めての国政選挙が行われたとき、選挙権が与えられていたのは国民の1パーセントにすぎない。

それでも、その前の江戸時代の格差と比べれば、比較にならない。生まれながらにして「士農工商」に身分が分けられ、飢饉が起こると多くの農民が餓えで死んだ。ずっと遡って平城京の時代には奴婢（奴隷）が大量にいて、物品のように売り買いされた。

格差は時代を下るに従って確実に縮まっているのは間違いない。

世界の格差社会

では、次に世界と比べてみよう。

現代の日本にはワーキングプアと呼ばれる若者がいる。たしかに彼らの生活実態をテレビのドキュメンタリーなどで見ると、胸が痛む。働いても働いても大半が生活費に消え、貯蓄もままならない。彼らの悲惨さは理解した上で、ここでは敢えて乱暴な言い方をしてみる。アジアやアフリカの発展途上国の貧しい人たちはこんなものではない、と。

発展途上国の国々には、水道も電気もない暮らしをしている人が何十億人もいる。食料さえも満足に摂ることができない人たちも珍しくない。そこには、休日に携帯電話で友人たちとラインを楽しんでいるようなワーキングプアなど存在しない。またネットカフェで寝泊りしているような若者などはいない。それらの国の多くは、国民の1パーセントにも満たない超富裕層が国の富の七割以上（時に九割以上）も独占している。こういう格差と比べれば、日本の格差など格差とも呼べない。

先進諸国の格差もすごい。米国は貧民層が爆発するように増え、大都市にスラムがいくつもできている。一説には米国は国民の六人にひとりが食糧不足に陥っているともいう。少し古いデータだが米国は一九九〇年代に景気を拡大させたが、このときに増えた国民の家計の所得の45パーセントが上位1パーセントに集中している。

今、世界の国で経済的に最も勢いのある中国の格差もひどい。「北京青年報」の伝えるところによれば、現在、中国では資産が五億元（約九六億円）を超える超富裕層は約一万七〇〇〇人。その資産を合わせると約五九五兆円、一人あたり平均は約三四九億五〇〇〇万円になるという。その一方で都市部において貧困層が凄まじい勢いで広がっていて、労働者の多くがひと月の給料が二万円に満たない。貧しい者たちは地上には住めず、アパートの地下の部屋を借りて生活している（ねずみ族と言われている）。

それでも都市戸籍があるだけ、彼らはまだましと言える。約一三億人のうち都市戸籍があるのは約四億人、それ以外の農村戸籍しか持たない約九億人は、都市に住むこともできない。農村の貧困は想像を絶するほどで、掘っ立て小屋のような家に暮らす者も多く、その暮らしぶりも百年前とあまり変わらないとも言われている。しかしもっとひどいのが「黒孩子《ヘイハイズ》」と呼ばれる存在だ。中国は一人っ子政策をとっているが、農村ではこどもは労働力なので、二人目三人目のこどもを作る。しかしそれが当局にばれると税金や罰金を取られるので、役所に届け出ない。そうすると、その子は戸籍に載らず、国の中では「存在しない子」になる。これが黒孩子と呼ばれる存在で、彼らは学校にも通えないし、結婚もできない。その生活は悲惨を通り越している。中国政府は「黒孩子は一三〇〇万人」と発表しているが、その数字は多くの学者に否定されている。少なく見積もっても数千万人、一説には数億人はいるのではないかとも言われている。

二十一世紀になって多くの共産国家は崩壊したが、北朝鮮を見ればわかるように、平等を謳ったはずの共産国家のほとんどが、支配階層だけが富を（さらに権力も）独占し、一般大衆は貧困に喘いだ。

ヨーロッパの階級格差も相当なものだ。とくにイギリスの格差社会は昔から有名で、労働者階級と貴族階級は体の大きさまで違うと言われているほどだ。

他のヨーロッパの国々の多くも、昔からユダヤ人やロマの差別が格差を生んでおり、また近年はトルコ人やアラブ人の移民政策によって新たな格差社会が問題となっている。

そう考えていくと、マスコミなどが「日本は格差社会だ」と言っているのを見るたびに、それはいつのどの国と比べて言っているのかという疑問が浮かぶ。おそらく彼らの頭の中には、ユートピアのような理想的な「無格差社会」が存在し、それと比べて日本は格差があると思っているとしか思えない。

年収二〇〇〇万円のサラリーマンは0・1パーセント

歴史的に見ても、世界を見渡してみても、日本ほど格差の少ない国はないという気がする。

日本では、年収一〇〇〇万円以上のサラリーマンは全体の5パーセントで、年収一五〇〇万円以上は1パーセントだという。さらに年収二〇〇〇万円以上となると0・1パーセントだ。一部上場企業の重役でも一億円以上の年収を受け取る人は多くない。はたしてこれが格差社会なのだろうか。

もっともこのデータはサラリーマンに限ってのことであるから、総資産ということでは見方を変える必要がある。

誤解しないでもらいたいのだが、私は現状を全肯定しているわけではない。ワーキングプアの問題、フルタイムで働いても生活保護費よりも少ない稼ぎの労働者がいるという問題、将来の保証がない派遣社員が大量に生まれている問題など、早急に改善しなければならない課題は山積みである。人々は常にこうした問題と取り組んできたからこそ、発展があった。だから苦しんでいる人から目を背けて、それを完全に肯定するようなことになってはいけない。

そうしたことは理解した上で、私は敢えて言いたい。

「現代の日本の最も大きな問題のひとつが格差社会だ！」と主張する一部の評論家や文化人やコメンテーターのアジ演説を信じ込み、自分たちは社会に虐げられた存在だと思い込むのはやめようではないか。自分を犠牲者と位置づけることで、何かいいことが生まれるのだろうか。

野党議員は貧しい人たちの歓心を買おうと思って言っているだけで、彼らの言葉に真剣に耳を傾ける必要はない。彼らは君たちの人生に責任を負ってはくれない。ちなみに某野党の党首をつとめたある女性議員は莫大な資産を持っているが、代議士だけでどうやってそこまでの資産を作ったのか驚くほどである。

もうひとつくだらないことを言えば、テレビに出てそういうことを言っている人間やテレビ局員は彼らの言う「格差社会」の勝ち組である。もちろん、私もそのひとりかもしれない。だから、偽善的なことは言いたくない。

私も二十代の放送作家時代はまるで金がなかった。同じ年のテレビ局の局員が年収一〇〇〇万円近くもらっているときに、二〇〇万円くらいしか稼げなかった。しかしその境遇を恨むことはなかった。局員の給料を羨んでも憎んでも、自分の稼ぎが増えることはない。それよりも稼ぎを得るためには一所懸命に働くしかない。

自己啓発本の効能は？

当たり前のことに気付く？

私が働くテレビ局のアルバイトの男子学生が休憩時間に本を読んでいた。それはいわゆる自己啓発本といわれる本だった。著者はその手の本を沢山出している人だった。

私が「面白い？」と訊くと、彼は「面白いというよりも、ためになります」と答えた。

「何が書いてあるの？」

「成功するための秘訣です」

「おっ、それはぼくも大いに興味がある。どんなことが書いてあるの？」

「いろいろ書いてあります」

「じゃあ、三つだけ言ってくれ」

「ええと、そうですね――。今日やることを明日に延ばすな。規則正しい生活をしろ、責任をもて、ですかね」

「それって全部当たり前のことやないか」

「そうなんですよ。でも、そのことに気付かないんですよね」

学生はいかにもすごい発見のように言った。

「その本を読んで気付いたのか」

学生は嬉しそうに「はい」と答えた。

「そういう自己啓発本を読むのは初めて？」

「いいえ。何冊も読んでいます。でも毎回新しい発見があるんです。自己啓発本には名著が沢山あるんです」

そう言って学生は何冊かの「名著」を教えてくれた。

その日、書店で彼が言っていた本をいくつか立ち読みした。パラパラとめくってみて驚いた。そこには呆れるほど当たり前のことが書かれてある。曰く「向上心を持て」「目標を立てろ」「努力を続けろ」……などなど。どの本を見ても全部そうだった。

成功への近道？

書店の「自己啓発本」コーナーの棚に並べられている本のタイトルをあらためて眺めてみると壮観だった。「できる男の法則」「金持ちがやっている習慣」「〇〇をする人は成功する」というようなタイトルの本がやたらと多いことだ。

要するに、成功者が常日頃やっていることを真似れば、君も成功者になれるよと言っている本だ。たとえば「一流社長はジムで体を鍛える」というようなタイトルの本があった。ジムでトレーニングしたからといって社長にはなれないと思うのだが、「そうか！　ジムで体を鍛えれば、そこから何か見えてくるものがあるのだな」と勘違いする読者がいるのだろう。そんなことで成功するなら、こんな楽なことはない。

最近は新書も「○○する力」というタイトルの本がよく売れるという。それを読めば、自分にも「○○する能力」がすぐに身につくと思うのだろう。

こんな話を某一流商社に勤める友人にすると、彼はにやりと笑ってこう言った。

「うちの会社の若い社員にも、自己啓発本を習慣的に買う人間が少なくない。そういう奴の本棚には自己啓発本がずらりと並んでる」

「自己啓発本マニアか」

「そう言っていいくらいたくさんある」

「でも、書いてることは、みんな同じようなことなんやろう」

「そう。表現を変えているだけで、中身はだいたい同じ」

「なんで、同じ本を買うんや？」

するると、友人は意地悪そうな顔をして言った。

「お前も、若い頃は毛生え薬を何種類も買っていたやろう」

私は思わず、なるほど！　と唸った。

ハゲに効く薬はない！

私は今ではスキンヘッドだが、三十代で髪の毛が薄くなった時は、お恥ずかしい話だが、かなりじたばたした。市販の毛生え薬を次から次へと試した。宣伝文句を見ていると、どれも効きそうに見えるのだ。

それで期待をふくらませて購入し、せっせと頭に塗るのだが、なかなか効果が出ない。普通なら、毛生え薬など効かないと気付くのだが、藁をもすがる男はその考えに至らない。薬にも相性があるはずだ、自分のハゲに効く薬がどこかにあるはずだと思い、片っ端から試すのだ。

そのうちに市販の薬はあらかた試し終え、「どれもダメだった、もう諦めようか」となるのだが、厄介なことに毛生え薬というものは定期的に新製品が発売されるのだ。しかもその宣伝文句は「ついに出た！　まったく新しい毛生え薬」というものだ。

そうなると、ハゲに悩む百田くんは、いてもたってもいられない。

とうとう出たか、間に合った、とすぐさま購入に走るのは言うまでもない。ところが、いくら塗っても効かない。がっくりと肩を落としかけたところに、またもや「画期的新商品発売」というニュースが――。そうやってどれくらい毛生え薬を買わされたことか。中国の「101」という得体の知れない薬まで買ったことは、私の黒歴史である。

毛生え薬とおさらばしたのは、薬局で「どれだけ高くてもええから、絶対に効く薬をくれ」と言ったときだ。奥の棚から自信満々で薬を出し、「これが最も効きます！」と豪語する店主自身の頭が見事にハゲ散らかっているのを見たとき、私の毛生え薬遍歴の旅は終わった。

要するに、自己啓発本コレクターは、毛生え薬をはしごするハゲと同じなのだ。

「今度こそ効くに違いない！」

「この本こそ、自分を成功に導いてくれるはずだ！」

と期待を込めて買うのだが、期待したほどの効果は現れず、「もっと効く本があるはずだ」と、新しい本を探すというわけだ。

友人はまた面白いことを言った。

「俺は思うんだが、自己啓発本は栄養ドリンクのようなものじゃないかなと」

「ほう、それは？」

「飲んだあとは、気分がすっきりしてやる気も起こる気がする。多分、プラシーボ効果やろうけど、その効果も三日くらいで消える。で、また新しいドリンク剤を買う」

「そうすると、そのドリンク剤、中毒性があるんやないか」

私の言葉に友人は大きくうなずいた。

「そのとおり。しばらく飲まないと禁断症状が出てきて、新しいのを飲みたくなる。だから書店にあれだけ自己啓発本が並ぶんや」

大いに納得の一言であった。

自己啓発本を何冊も読んでいる若者たちに言いたい。そういう本の多くは、ハゲ薬みたいなものだから、まず効かない。でも若いうちはなかなかそれがわからないと思う。

私のようにすっかりハゲてしまえば、そういう本も買わなくなるだろう。

テレビの規制は何のため？

片手落ちこそ片手落ち

テレビは活字と違って、表現の自由がかなり厳しい。活字ではOKになる言葉でもテレビではNGになるケースも多い。その理由は、本などの活字の場合は、購入者が自主的に購入する上に読書という行為が能動的であるのに対して、テレビは本人に見る意思がなくても、ついているだけで（見る意思や聞く意思もない）情報が流れるから、というものだ。テレビも本人や家族がつけないと見られないと思うのだが、どうもそういう理屈は通用しないようだ。

この三十年くらい、テレビの表現の幅は恐ろしく狭くなった。そのもっとも代表的なものは言葉の表現である。はっきり言えば差別語とされた言葉が大量に使えなくなった。「めくら」「きちがい」「びっこ」「かたわ」は問答無用に禁止。ほかにもそういう言葉は山のようにある。

しかしはたして「めくら」は差別語なのだろうか。昔から日本では目の見えない人のことを「めくら」と呼んだ。それは単なる普通名詞だったはずだ。それに代わる言葉もなかった。しかし昭和五十年頃から始まった「言葉狩り」で使えない言葉となってしまった(基本的には、放送局の自主規制)。

「めくら」がNGワードとなったので、「めくら蛇に怖じず」という諺も放送では使えなくなった。「群盲、象を撫でる」も禁止。「めくら滅法」や「めくら打ち」などの言葉もNGになった。ところが、英語で「めくら」を表す「ブラインド」はOKなのである。もちろん「ブラインドタッチ」もOK。

英語であればOKというのは他にもある。「気違い」はだめだが、「マッド」も「クレージー」もOK。英語でマッド・サイエンティストというのは「気違い博士」だが、放送で使う分には問題なしである。ところが、熱狂的な阪神タイガースのファンを表す「虎キチ」はNGである。「キチ」は「気違い」の略だからである。

まるで解せないのは、「片手落ち」が今もNGワードになっていることだ。片手がない身体障碍者をイメージするという理由らしい。敢えて言うまでもないことかもしれないが、これは片手がない人のことを言っているのではない。片方だけに「手落ち」があるという状況を言った言葉だ。片手落ちがだめなら、「手落ち」もだめだし、「首切り」や

「足切り」もだめという理屈になる。要するに「片手落ち」の自主規制が片手落ちなのだ。

高所恐怖症もNGワード

言葉狩りが一番ひどい時代は「指切り」まで使わせないプロデューサーがいた。「馬鹿でもちょんでも」という表現も使えない。この「ちょん」というのが「朝鮮人」を意味するからというのが理由だが、この場合の「ちょん」という言葉は「朝鮮人」を指してはいない。実は「ちょん」という言葉は江戸時代から庶民が普通に使っていた言葉だった。「馬鹿でもちょんでも」という表現も日韓併合以前からあった。「取るに足らない小さなもの」という意味だ。文字の「点」なども「ちょん」と言う。サムライの「ちょんまげ」もそこから来ていると言われている。

日韓併合以来、一部の日本人が朝鮮人を「チョン」あるいは「チョン公」と呼んで馬鹿にした歴史があり、いつのまにか「ちょん」という言葉は差別語であると誤解された。今では「バカチョンカメラ」はもちろん、前述の「点の意味でのちょん」や「ちょん切る」という言葉まで放送では使わないという局もある。

また水泳の飛び込み台の上で震えるタレントを面白おかしくナレーションする場合に、

「高所恐怖症」という言葉を禁止用語にしている局もある。これは実際に「高所恐怖症」を患っている人から抗議がきたからだ。余談だが、本物の高所恐怖症は1メートルの脚立の上でも体がすくむという不安障碍である（正確には「高所不安癖」というらしい）。だから前述の飛び込み台のナレーションなどでは、そういう人を考慮して、「高いところが苦手な〇〇」という表現にしなくてはならないというわけだ。

不安障碍に悩む人が抗議する気持ちも理解できるが、「高所恐怖症」は本来差別語でもなんでもなかった言葉だ。こうして抗議が来るたびに、テレビで使えない言葉が一つ増えるというのは、はたしてどうなんだろうと思うことがある。

目隠しゲームはイエローカード

言葉だけでなく、動作にも厳しい制約がある。

日本の夏の海岸の風物詩と言える遊びである「スイカ割り」は、テレビではまず放送できない。理由は「目の見えない人を笑っているから」というものである。同じ理由で「福笑い」もだめ。もちろん自主規制である。

とにかく出演者に目隠しして何かをやらせるという行為はまずＮＧ。昔はタレントに目隠しして、何か得体のしれないものを触らせて、それが何か当てさせるというゲームがあったが、今は手だけを箱に入れて、中のものを触るというスタイルに変わった。

耳を聞こえなくするゲームも同様で、今はヘッドホンに音楽を鳴らして、それ以外の音を聞こえにくくするというスタイルに変わっている。

これらは議論の分かれるところである。「スイカ割り」や「福笑い」をテレビで見た人が（目の不自由な人は見られないではないかというツッコミはなし）、心が深く傷つくようなら放送するべきではないとは思う。ただ、今のテレビ局は、私たち制作スタッフが「これくらいは許されるだろう」と思っていても、「それを見た人が『傷ついた』と感じるなら、その映像は流してはいけない」というのを原則的な考え方としている。一見、人権に非常に配慮した考え方に見えるが、一方で非常に危険な考え方である。

私が担当した番組で、街角のロケ中、ハプニングで女の子のミニスカートがめくれ、それを見た男性タレントがたまたま鼻血を出した（偶然）。そのＶＴＲはスタジオで爆笑だったが、放送後、ある視聴者から猛烈な抗議があった。その人は血が止まりにくい難病を患っている人だった。その抗議は、「私たちは鼻血でも命にかかわります。それなのに鼻血が出ているシーンを笑いにするなんて許せません」というものだった。

私たちスタッフは彼の切実さを汲み取って謝罪し、再放送ではそのシーンはカットした。彼を傷つけてしまったことは申し訳ないと思う。配慮が足りない部分はあったと思うが、決して病気の人を馬鹿にしたり笑いものにする意図で作ったものではない。

ただ、ひとりでも傷つく者があれば、放送してはならない、という論理は正しいようで、どこかおかしいという気がする。たとえば、最近はブスキャラを売りにして笑いをとっている女性タレントがいるが、もし視聴者から「私は不美人で苦労しているが、ブスで笑いをとる芸はやめてほしい」と抗議されたら、テレビ局やそのタレントを抱えているプロダクションはどうするのだろうか。たとえばハゲの私が、テレビのコントで使うハゲカツラに「傷ついた」と抗議すれば、どうなるのか。

美しい正義が障碍者の生活を壊す不思議

テレビ草創期の先輩に聞いたのだが、昭和四十年くらいまで、テレビでは「こびとプロレス」というショーを放送していた。高い視聴率を取り、人気レスラーもいた。ところが「障碍者を見世物にするな」という「良識ある人々」からの抗議によって、テレビでは放送できなくなった。そのおかげで「こびとプロレス」のレスラーたちの多くが失業したという。彼らは健常人のように普通の職業には就きにくい人たちだっただけに、生活はたちまち困窮したという。その先輩は憎々しげにこう言っていた。

「人権派は綺麗事ばかり言って、障碍者の生活を脅かしたのに、その保証を何もしない。自分ひとりが正論に酔っているだけだ」

先輩の言うこともわかるが、これは簡単に是非を言えない難しい問題ではある。

余談だが「障碍者」の「碍」は当用漢字にないという理由で、長い間「害」の字が当てられた。後に「害」は差別的ニュアンスがあるということで一部のマスコミは「障がい者」と書くようになった（朝日新聞の採用サイトなど）。最近では「障」もよくないということで一部の人権派の人たちは「しょうがい者」と書くようにと言い出し始めた。そうした影響か、小学校の運動会の「障害物競走」を「興味走」と書く学校も出てきた。

殺人はOKでも信号無視はNG

話が少し深刻になったので、このあたりでバカバカしい規制をひとつ紹介しよう。

刑事ドラマなどでは、よく銀行強盗で犯人たちが車で逃走するシーンが出てくる。実はこういうシーンで、犯人は必ずシートベルトをしなければいけないのを、皆さん、ご存知だろうか。もしシートベルトをしないで車で逃走するシーンを放送したら、テレビ局は警察からこっぴどく注意されるのだ。

また車で逃走中の犯人が赤信号を突っ切ったり、歩行者の走行妨害をするのも禁止。単車のひったくり犯がヘルメットをかぶらないのも禁止。道路の蛇行運転も禁止。カーチェイスで車をぶつけるなどもってのほかだ。

でも考えてみれば、これは実におかしなことだ。銀行強盗や殺人などの凶悪犯罪を犯しているにもかかわらず、道路交通法だけはきっちりと守る犯人というのは矛盾している。殺人を犯すシーンはOKだが、シートベルトをしないシーンは許さない、という警察のルールもおかしい。たとえドラマの撮影であろうと、日本の道路を使う限り、その運転手（俳優）は道路交通法を守らなければならない、ということなのだろうが、私にはまるで機械が作ったようなルールに思えてならない。

昔は映画やテレビの撮影には、警察も「大人の態度」で目をつぶってきたし、もちろん撮影する側も決してやりすぎや無茶はしなかった。

今やあらゆる世界で、大人同士のやりとりが通用しない時代になったという気がする。

第四章　我が炎上史

私はこれまで数々の放言で物議を醸してきた。講演、選挙演説、ＮＨＫの経営会議、ツイッターなどでの発言が、テレビや新聞やネットで取り上げられ、ぼこぼこに叩かれた。またネットニュースにも取り上げられ、何度も「炎上」した。

様々なメディアで、「百田尚樹は暴言を吐く」男としてイメージづけられたと言っても過言ではない。特にＮＨＫ経営委員をやっていた頃は「公共放送の経営委員ともあろう者がけしからん」という理屈のために、その肩書きが常に枕詞のようにつけられて批判された。

国内メディアだけでなく、海外のメディアでも批判された。イギリスの「エコノミスト」誌には「ライト・ウィング・ノベリスト」と皮肉たっぷりに紹介され、韓国の中央日報には「日本を代表する極右作家」と憎々しげに書かれた。またアメリカ大使館やアメリカ国務省、さらに中国外務省の副報道局長からも名指しで批判された。これは冗談だが、日本の小説家で世界で一番嫌われている作家かもしれない。

しかし私にも言い分はある。たしかに私の発言はストレートすぎるが、それを批判する人たちは私の言葉の一部を都合よく抜粋し、あるいは捻じ曲げて紹介し、それを槍玉にあげるのだ。実にやり方が汚いと思う。

そこでこの章では、過去にメディアで問題とされた私の発言を、その経緯とともに紹介しつつ、私から反論をさせていただきたいと思う。

もっとも私の発言の炎上は凄まじい回数にのぼっていて、ネットに上がったものも取り上げると、とても本一冊では足りない。そこで、全国紙に取り上げられて非難された発言だけに絞ることにする。

「人間のクズ」発言

応援演説の一言から

二〇一四年二月三日、私は東京都知事選で田母神俊雄候補の応援演説に立った。それまで田母神氏とは一面識もない。彼の政治的思想にすべて賛同するわけではないが、国の未来を憂い、安全保障を真剣に考えている彼の姿勢には敬意を持っていた。それで都知事選が始まったとき、ツイッターで「もし私が東京都民だったなら、田母神俊雄氏に投票する」と書いた。それを見た田母神氏から応援演説をしてほしいという直接依頼があったのだ。

普通に考えて田母神氏に勝ち目はない。おそらく彼自身、それはわかっていただろう。しかしやむにやまれぬ気持ちで立ったに違いない。なら、負け戦に馳せ参じるのが男ではないかと思った。ツイッターで「田母神氏を応援する」と書いた手前、見て見ぬふりはできない。というわけで、選挙カーに乗り、マイクを握ったわけだが、そこで口から飛び出したのが「人間のクズ」という言葉だった。

正しくはこう言った。

「田母神俊雄候補以外の候補者は、どいつもこいつも人間のクズみたいなやつです」

このときの有力候補者は、元厚生労働大臣の舛添要一氏、元首相の細川護煕氏、日本弁護士連合会の元会長の宇都宮健児氏である。演説では特定の人物を名指しはしてはいなかったが、彼らをクズ呼ばわりしたと言われても仕方がない面もあった。

早速、民主党の有田芳生議員が国会の予算審議の場でこれを取り上げた。安倍総理に対して、「NHK経営委員が、候補者に向かって人間のクズなどという発言をしていいのか」と質問した。安倍総理は「私は聞いていないから答えようがない」と答弁したが、有田議員は同じ質問を何度も繰り返し、ついには安倍総理も呆れた顔で「予算審議の場で延々とその質問を繰り返すつもりですか」とたしなめる始末だった。どうでもいいことだが、有田芳生氏の名前は「よしお」ではなく「ヨシフ」と読む。これはヨシフ・スターリンを尊敬していた共産党員の父が命名したということだ。

たしかに「人間のクズ」発言は誉められた言葉ではない。しかし国の予算を決めるという予算審議の場において議論するべき問題ではないと思う。安倍総理がうんざりしたのも当然だ。しかし百田尚樹を叩きたい民主党は、その後も同じ質問を安倍総理にぶつけた。それに対して安倍総理は「私は某夕刊紙に毎日のように人間のクズと書かれていますが、別に気にしませんけどね」という答弁で、議員たちを爆笑させた。民主党の原口一博衆議院議員は私の別のツイートを探し出してきて、安倍総理に「こんな品位のない人がNHKの経営委員でいいのか」と言った。

しかしいずれも安倍総理に相手にされず頭にきたのか、民主党は総務委員会で「百田尚樹を国会に呼ぶ」という「プロジェクトチーム」を作って運動を始めた。

国会に呼んでくれ！

民主党の動きを知ったNHK事務局と経営委員長は大いに慌て、早速、私を呼び出した。そして「民主党が例の人間のクズ発言で、百田さんを国会に呼び出そうとしています。ですが、百田さんは民間人なのでこれを拒否できます。もし国会に呼ばれたら拒否してください」と言った。

「拒否なんかしますかいな。喜んで国会に行きます」

と私が答えると、経営委員長は頭を抱えた。

しかし幸か不幸か総務委員会の反対で私の国会招致はなくなった。そもそも民主党が私を国会に呼びたかった理由は、簡単に言えば「恫喝」である。ある政党にとって都合の悪いことを言った人間は民間人であっても国会に呼ばれる、という悪しき前例を作れば、自由に発言できる空気がなくなる。その意味では、招致がなくなったことはいいことなのだが、個人的には大いに残念だった。というのも、国会に行けば好きなだけ喋ってやろうと思っていたからだ。

喋ることは決めていた。私に質問してくるのはおそらく有田議員であるから、彼に対してのカウンターを用意していたのだ。以前、有田議員はツイッターで、ある政治家のことを「かんなクズ」と揶揄していた。そこで私は彼にこう訊こうと思っていた。「クズがダメで、かんなクズはいいのか。クズとかんなクズの違いを教えてくれ」と。もうひとつ、二〇一二年一〇月の「週刊朝日」の記事に対するツイッターのことも訊くつもりだった。佐野眞一氏が書いたその記事は、橋下徹大阪市長の父親が同和出身であることを暴露し、「汚れた血脈」と表現したおぞましいものだが、有田議員はツイッターで人権侵害を糾弾するどころか、「すこぶる面白い」と書いた。何がそこまで面白かったのか、訊こうと思っていた。

また民主党議員たちにも質問するつもりだった。

「民主党は、同和出身者を『汚れた血脈』と表現した許されざる記事を面白がる国会議員のことはどう考えるのか」と。

民主党の議員たちがどう答えるのか興味深かったが、その機会は来なかった。

そこで私はツイッターに、「民主党、もっと頑張って、自民党に要求して、百田尚樹を国会に呼び出せよ！　びっくりするようなこと、いっぱいしゃべってやるから」と書いた。これが東京新聞に書かれて、またまた大問題になった。

国会のヤジは問題ないのか？

そうは言っても、人に対して「人間のクズ」という言い方は許されたものではない。ただ「クズ」という言葉に人権侵害の意味はない。本来は布や紙の切れ端のことで、それ自体では使い物にならないというものの喩えである。選挙演説において他の候補者に使うくらいは許容範囲内ではないかと思う。同じような言葉で相手陣営の候補者をなじるのは普通に耳にしている。しかも私は固有名詞は一度も出していないのだ。

この程度の発言が国会で大騒ぎになるなら、国会の中でのヤジはどうなる。誹謗中傷、罵詈雑言、名誉毀損、侮辱、悪口のオンパレードで、とてもこどもには聞かせられないようなおぞましい言葉が飛び交っている。むしろクズなんか可愛いくらいだ。

最近だと、末期ガンを患った法制局長官に対して、「そのまま死んでしまえ！」という野党議員の発言もあった。これなどは暴言なんかでは済まされない、人としてあるまじき言葉であると思う。なぜ、これが問題にならないのか。なぜ発言者を特定する動きにならないのか不思議でならない。

もし与党議員が言えば、メディアは議員辞職させるくらい大騒ぎするはずだ。その少しあとに都議会で、女性議員に「早く結婚しろ」とヤジった自民党議員はマスコミに徹底的に吊るし上げられた末に世界に向けて発信された。たしかに非難されても仕方がない発言ではあるが、そこまでやることだろうか。末期ガン患者に「そのまま死ね」の方が何倍もひどいと思う。しかし野党議員が言えば完全スルーなのが、この国のメディアのやり方である。私の発言も、NHK経営委員という立場だからこそ問題とされた。「放言」は誰が言っても放言だろう。差をつけるな、くそメディア。あー、こんなことを言うと、また叩かれるかもしれない。

「東京大空襲は大虐殺」発言

同じ選挙演説で、私は「人間のクズ」以外にも物議を醸す発言をしている。それは「東京大空襲、広島・長崎の原爆投下は大虐殺だ」という発言だ。

私は何もアメリカを非難するつもりで言ったのではない。広島の原爆慰霊碑の項でも述べたとおり、戦後アメリカが日本人に対して行なった「すべては自分たちが悪かったんだ」と思わせる自虐思想がいかにひどかったかを伝える手立ての一つとして発言したのだ。日本人はこれら究極の戦争犯罪とも言える残虐行為に対しても非難する声さえ上げないほど、自虐思想が染み込んでいるということを言おうとしたのだ。

言論封殺

しかし翌日の新聞には、全体の論旨を無視して、私の一部の言葉だけを取り上げ、批判的な記事が載った。また「NHK経営委員は不偏不党であるはずなのに、こんな発言をしてもいいのか」と糾弾するような記事も多数あった。NHK経営委員はたしかに放送法では不偏不党でなければいけない。しかしそれはあくまで経営委員としての活動においてだ。私が経営会議の席上である政党に偏った発言をしたり、番組に対して思想的な要求をしたり圧力をかけたりすれば、大いに問題である。しかし小説家・百田尚樹としてどこで何を発言しようが、私の自由である。ところが朝日新聞をはじめとする左翼新聞や左翼政党は、私の全発言を封じようとした。これが言論封殺でなくて何なのだ。

そもそも「東京大空襲、広島・長崎の原爆投下は大虐殺である」という発言は、どこかの政党に偏った発言なのだろうか。これはまぎれもない歴史的事実である。事実を言っただけで、なぜこれほどバッシングを受けるのだろうか。

東京大空襲とは

ここで読者のために昭和二十年の東京大空襲がどのようなものだったかを伝えたい。

昭和十九年頃から、アメリカは日本の市民を大量に殺戮するために、東京の民家密集地帯を目標にした爆撃を計画した。江戸時代の大火や関東大震災の火災を調べ、同じような火災を起こすための焼夷弾を開発した。そしてユタ州の砂漠に日本家屋の町を作り、爆撃実験を繰り返した。このためにハワイから日系人の職人を多数連れてきて、障子、ふすま、畳、布団、ちゃぶ台、箪笥までこしらえさせるほどの徹底ぶりだった。

そして三月一〇日の未明、三百機を超える大型爆撃機B29が東京を襲った。この頃はもう日本軍には迎撃戦闘機を飛ばせる力がなかった。そのためアメリカ軍は機銃などを外し、通常よりもはるかに大量の爆弾を積み、低空から浅草区や本所区の民家密集地を狙って爆撃を開始した。おりからの強風で、たちまちのうちに大火災が発生した。この大火災はおそらく読者の想像を超える。高さ10メートルを超える火の壁が秒速何十メートルで町を舐めていくのだ。運良くその火から逃れた者も、酸欠で死ぬ。火災による煙は高度１５０００メートルの成層圏にまで達した。

この大空襲により、一夜にして一〇万人を超える日本人が殺された。そのほとんどは女性と未成年者である。これが大虐殺でなくて、何なのだ。

アメリカへの告げ口

一連の騒動で最も腹が立ったのは、毎日新聞社がアメリカ大使館に「日本の百田尚樹という作家が、東京大空襲を大虐殺だと言っています」とわざわざ告げ口にいったことだ。そして大使館が「非常識な発言だ」というコメントをすると、それを嬉々として報道した。それを知った朝日新聞は、今度は本国の国務省まで確認を求め、同じ回答をもらうと、これまた嬉々として報道した。

記事を見たとき、これを書いた記者たちは日本人なのだろうかと思った。「東京大空襲は大虐殺だ」というコメントに対して、日本人ジャーナリストならば「その通りだ！」と言うのが筋ではないのか。それなのにNHK経営委員を貶めたいために、また私を任命した安倍総理を追及したいために、アメリカ大使館や国務省に告げ口して、「遺憾である」由のコメントをもらって嬉しがるとは——それでも日本人かと言いたくなる。私が大空襲の遺族なら殴ってやりたいと思う。

ところでこの場を借りて言っておきたいことがある。私は何もアメリカを責めるつもりで発言したわけではない。もちろん謝罪や賠償を要求する気もない。そんなことをしても両国の関係に明るい未来はない。日本人は過ぎたことは水に流すという性格を持った民族だ。外国人から見れば、「甘い」と見える欠点かもしれないが、それが日本人の美点である。だから、どこかの国のように「千年恨む」などということはない。

しかし、「東京大空襲、そして広島と長崎への原爆投下は大虐殺だった」ということだけは否定しないでもらいたい。私がアメリカにいいたいのはそれだけである。

「南京大虐殺はなかった」発言

南京大虐殺とは

同じ選挙演説でもうひとつ炎上した発言は、「南京大虐殺はなかった」というものだ。

これも東京裁判を批判する一連の流れの中での発言だ。南京大虐殺に関しては、肯定派否定派が今も論争している問題であり、ここでそれを詳しく論じることは避ける。ただ、ここでは私が演説で言った内容をかいつまんで述べる。

「南京大虐殺は東京裁判が行われるまで、国際的な問題となったことは一度もなかった。なぜならそんな事実はなかったからだ。しかし東京裁判で突然、問題として浮上してきた。それは東京大空襲、広島と長崎の原爆による被害があまりにも悲惨だということをアメリカが知ったからだ。『人類に対する罪』で日本人を裁こうとしているのに、これでは逆に自分たちの戦争犯罪を追及されかねない。そこで突然、南京大虐殺が出てきた。また当初は死者二〇万人ということだったが、途中から三〇万人になった。これは東京大空襲と二つの原爆の死者の数に合わせるためのものだった」

以上が演説の要旨だが、若干補足説明をさせていただく。

南京大虐殺は日本軍が一九三七年の一二月に南京を占領した直後から、蔣介石が子飼いのアメリカ人ジャーナリストたちを使って盛んに宣伝した。しかし当時、南京にはそれ以外の各国の特派員たちが大勢いたが、報道した記者はいない。また当時、南京政府が調べた人口調査によると、占領される直前の南京市民は二〇万人だった。これは公式記録として残っている。二〇万人しかいない街の住民をどうやって三〇万人も殺せるというのだ。また日本軍が占領してから一ヶ月後には南京市民は二五万人に増えている。仮に一万人も殺していたら、住民は蜘蛛の子を散らすように街から逃げ出していただろう。南京市民が増えたのは、街に治安が戻ったからにほかならない。

もちろん一部で日本軍人による殺人事件や強姦事件はあっただろう。そういうケースは何百件とあったかもしれない。それらは決して許されることではない。しかしそれをもって大虐殺と言えるだろうか。

今日、日本は世界でも最も治安の良い国と言われている。先進諸国の中では犯罪率も極めて低い。しかし、それでも殺人事件や強姦事件は年間に何千件も起こっているのだ。ちなみにアメリカでは毎年、殺人と強姦を合わせると数十万件も起こっている。これは戦争もない平和な状態での犯罪だ。

ましてや当時は警察も法律も機能しない状況である。もしかしたら、平時の南京では起こらなかったいたましい暴力事件が起こった可能性もある。私は何も日本軍を弁護しようとはしていない。こうしたことが起きるのが戦争だ。たとえば戦後、アメリカ軍兵士が日本人女性を強姦した事件は二万件にのぼる。泣き寝入りして被害届を出さなかった女性を考えると、実際の被害者はその何倍にもなるだろう。

また米兵に殺された日本人も数多い。決して許されることではないが、占領下という特殊な状況においては、平時より犯罪が増えるのは仕方がないところもある。だから南京において、個々の犯罪例が百例や二百例あろうと、それだけでは大虐殺の決定的証拠にはならない。

物的証拠は?

三〇万人の大虐殺というからには、それなりの物的証拠が必要だ。しかし今日までそれらはまったく出てこない。ナチスドイツが行なったユダヤ人虐殺は夥しい物的証拠(遺体、遺品、ガス室、殺害記録、命令書、写真その他)が残っており、今日でも尚、検証が続けられている。しかし南京大虐殺には伝聞証拠以外に物的証拠はないし、今に至るも何の検証も行われていない。証拠写真の大半は捏造ないし合成であることが証明されている。

そもそも日中戦争は十四年も行われていたのに、南京市以外での大虐殺の話はない。十四年間の戦争で、わずか二ヶ月間だけ、日本人が突如狂ったように中国人を虐殺したというのか。

また東京裁判では、上官の命令によってたったひとりの捕虜を殺害したり虐待しただけで絞首刑にされたBC級戦犯が一〇〇〇人もいたのに、三〇万人も殺したはずの南京大虐殺では、南京司令官の松井石根大将一人しか罪を問われていない。その規模の大きさからすれば、本来は虐殺命令を下した大隊長、中隊長、小隊長、さらに直接手を下した下士官や兵などが徹底的に調べ上げられ、何千人もが処刑されたはずだ。しかし現実には松井大将一人だけがB級戦犯として処刑されている。実におかしな話である。また日中戦争当時、国民党の総統であった蔣介石が、後に松井大将に対して「申し訳ないことをした」と語っている事実がある。

奇妙なことはまだ続く。東京裁判で亡霊のごとく浮かび上がった「南京大虐殺」は、それ以降、再び歴史の中に消えてしまうのだ。

朝日新聞が火をつけた

南京大虐殺が再び姿を現すのは、東京裁判の四半世紀後である。一九七一年、朝日新聞の本多勝一記者が「中国の旅」という連載を開始し、そこで南京大虐殺のことを取り上げ、日本人がいかに残虐なことをしてきたかということを、嘘とデタラメを混じえて書いたことがきっかけとなった（後に本多氏自身が「『中国の視点』を紹介することが目的の『旅』であり、その意味では『取材』でさえもない」と語っている）。

早速、朝日新聞をはじめとする左翼系ジャーナリズムが「南京大虐殺」をテーマにして盛んに「日本人の罪」を糾弾する記事や特集を組み始めた。そうした日本国内での動きを見た中国政府は、これが外交カードとして使えると判断し、これ以降、執拗に日本を非難することになる。本多勝一氏の本が出るまで、毛沢東も周恩来も、また中国政府も一度たりとも問題にもせず、日本を非難しなかったにもかかわらずだ。

話がかなり脇道にそれてしまったが、私が演説で本当に言いたかったことは、「東京大空襲」のところでも述べたとおり、「自虐思想から脱却すべき」ということだった。南京大虐殺の否定はその流れでの発言だ。

しかしメディアには「南京大虐殺はなかった」という発言だけを切り取られ、大いに叩かれた。大手メディアが狡いのは、表立って「南京大虐殺はまぎれもない事実だ」という主張をするところがなかったことだ。もしはっきりと大虐殺の存在を肯定すれば、それはメディアとして大きな責任を負うことになる。少なくとも立証するよう求められるだろう。だから彼らは南京大虐殺があったかなかったかはうやむやにし、「百田尚樹の歴史認識は危険だ」というイメージを与える作戦に出たのだ。しかしそうしたメディアで、私の歴史認識のどこが間違っているか、具体的に書いたところはどこにもない。

実にやり方が汚いとしか言いようがない。

また民主党は私の度重なる「暴言」に頭にきたのか、とうとうその月、「経営委員の中立性を疑われる行為を防ぐ規定」を盛り込んだ「放送法改正案」をまとめあげた。これは簡単に言えば、「ＮＨＫ経営委員が自由に発言できないようにする」というものだ。

私はそのニュースを見たとき、唖然とした。これが言論封殺になるということを、民主党の議員たちがわかっていないのだとしたら、彼らには言論の自由を語る資格はない。

「ナウル・バヌアツはクソ貧乏長屋」発言

時事通信の悪意

この発言は二〇一四年の五月、岐阜県で行なった講演での発言だ。

会場には時事通信の記者がいて、ただちに「NHK経営委員が、ナウルやバヌアツを揶揄する発言をした」という記事を全国に配信した。同社の配信を受けた各新聞社が早速、問題発言として記事にした。中には「国際問題になる」と書いた新聞もあった。

ちょっと待ってくれと言いたい。発言の一部だけを切り取れば、たしかに両国を揶揄したものと受け取られるかもしれない。しかし発言全体を通して聞けば、単なる揶揄でないことは誰にでもわかる。私が講演で語ったのは以下のようなことだ。

「安倍総理が自衛隊を国防軍にしようと言うと、一部の左翼から凄まじい批判の声が上がりましたが、国が軍隊を持つのは普通のことです。国を家に喩えれば、軍隊は鍵のようなものです。資源や金や技術がある国は、それを他国から守る必要があります。そのために世界約二百ヶ国のうちのほとんどの国が軍隊を保有しています。一方、軍隊を持たない国はわずかに二十七ヶ国。それらはどういう国か、皆さん、ご存知ですか？

ヨーロッパには五十の国がありますが、軍隊を持たない国はわずかに六ヶ国。バチカン、モナコ、サンマリノ、アンドラ、リヒテンシュタインの五ヶ国は全部足しても東京二十三区内の面積とほぼ一緒。中には皇居よりも小さな国もあります。こんな国が軍隊を持っても大砲を打てば隣の国に当たってえらいことになります（笑い）。

もう一国、比較的大きいのはアイスランドですが、氷しか資源がないような国を誰も取ろうとは思いません（笑い）。

ヨーロッパ以外で軍隊のない国は、カリブ海や南太平洋にある島国です。ナウルとかバヌアツとかツバルとか。資源もなにもないこういう国は、家に喩えたらクソ貧乏長屋で泥棒も入らない。入った泥棒もあまりに気の毒なので、金でも置いていこうかというくらいです（笑い）」

たしかにあまり品のよくない喩えではあるが、喩え話はたいていデフォルメされるものであるし、講演となれば笑いも必要だ。私はもともとがテレビのお笑い放送作家なのである。というわけで「クソ貧乏長屋」と言った。

私は貧乏長屋育ち

もちろん笑いのために差別や人権侵害の言葉を使うのは許されることではない。しかし「貧乏長屋」が差別や人権侵害にあたるだろうか。

私は典型的な貧乏長屋で育った。台所も便所も家の外にあり十坪もない家で親子五人が暮らしていた。家の中に金目のものはなく、昼間でも鍵をかけなかった。しかし貧しさを恥と思ったことはないし、貧乏と言われて怒りもしない。「貧乏長屋」という言葉が国際問題に発展すると考える人こそ、根底に差別意識があるのではないのかと思う。

そう言えば私が小学生の頃、発展途上国のことは後進国と呼ばれていた。しかしその表現は差別に当たると人権派の人たちが言い出し、呼び方が変わった。一種の言葉狩りであり、過剰な反応だと思うが、「貧乏長屋」に対する反応もそれに似ていなくはない。

私はナウルもバヌアツもバカにはしていないし、その国に住む人々を蔑む意識など毛頭ない。むしろ豊かな自然の中で生きている彼らに羨ましささえ覚えるほどだ。もっともその暮らしの実態はよく知らないので、実際は先進国から見れば考えられないような苦労もたくさんあることだと思う。

貧乏長屋の前に「クソ」という言葉を付けたのがよくなかったという話もある。これに関しては、参ったなというほかない。実は関西では物事をオーバーに言う場合や強調したい場合に「クソ」を付けることがある。「クソ硬い」とか「クソ大きい」とか「クソ不味い」とかいう感じだ。それで貧乏国家を強調したい意味で、つい「貧乏長屋」にクソを付けてしまったというわけだ。

繰り返すが、テレビなどでの発言ではない。地方都市で行なった講演の一言にすぎない。もちろん批判は自由だが、通信社がわざわざ全国に配信するような話なのかと思う。なお、このとき時事通信社には、もうひとつの発言も批判されている。私が講演の中で文科省の方針に異論を唱え、政府と自民党に向かって「しっかりやれ!」と怒ったのだが、通信社の記事にはこう書かれた。

「NHKは放送法で不偏不党を求められており、作家の立場の講演とはいえ、特定の政党に肩入れするような発言は問題視される可能性がある」

苦言を呈する意味の「しっかりやれ!」という一言が、「肩入れする」発言にすり替えられてしまったわけだ。悪意以外の何物でもない。しかも記事には「問題である」とは書かずに「問題視される可能性がある」という逃げ道を残して書くいやらしさである。

「日教組は日本のガン」発言

なぜ日教組を批判するのか

この発言は二〇一四年六月、静岡市で行なった講演で言ったものだ。

たしかこのときは講演の最後に質疑応答があり、会場の人から「日教組についてどう思うか？」という質問があった。今にして思えば、この質問をした人は私の失言を引き出そうとしたのかもしれない。というのは、講演の内容にはまったく関係のない唐突な質問だったからだ。

私は質問に答える形で日教組の批判をしたのだが、その中に「日本のガンである」という発言があり、会場にいた共同通信社の記者がそれを配信し、多くの新聞が例によってその言葉だけを取り出して批判的に書いた。

この時、私はこう言った。すこし長いが、そのまま書く。

「日教組は長年にわたって、自虐史観にもとづく教育をこどもたちに行なってきました。日教組の強いある県では（注：会場では県の名前を言っている）、教員たちに配る指導要綱に、日本人が戦争でいかに悪いことをしてきたかを教えると書かれていました。そして南京大虐殺や従軍慰安婦を強制連行したという中韓の捏造歴史をこどもたちに教えた後、彼らに感想を書かせたのです。

私はその感想を目にしたある記者からそれを聞きました。こどもたちの感想は、『日本という国はひどい国だ』『日本人であることが恥ずかしい』『祖父たちは最低だ』というものばかりだったといいます。

たしかに戦争における悪を教えるのも大切です。しかし、そういう暗黒史はもっといろんな知識を身に付けてから教えればいい。純粋無垢な小学生にまず教えなくてはいけないのは、日本という国は素晴らしい国であった。自分たちは素晴らしい民族であったということだと思います。

日本人でいるのが恥ずかしいと思わせる教育は間違っています。そういう教育を受けたこどもが、誇りある人間、立派な大人に育つとは思えません。

私は日本人であることが恥ずかしいと思わせるような教育を推し進める日教組は日本のガンだと思っています」（会場、大拍手）

北朝鮮礼賛者も

おわかりであろうか。新聞やメディアが取り上げたのは、私の応答の最後の言葉だけである。そもそも唐突に「日教組は日本のガンである」とだけ言うわけがない。何か一連の話の中で出た言葉だというのは誰でも気付くことだが、共同通信の配信は敢えて前の発言はすべて消し去って、問題となる言葉だけを取り出したのだ。

さらに言えば、実はこの後にも私の発言は続いている。ついでだから、これも述べる。

「なぜ、日教組はこういう教育を長い間行なってきたのでしょうか。私は、その謎は長年にわたって日教組のドンと呼ばれた槙枝元文委員長にあると見ています。彼は、人権などまったくない北朝鮮の礼賛者で、当時は政治家さえも簡単には行けなかった北朝鮮に何度も招かれ、金日成主席から勲章まで貰っています。つまり、日教組というのは、こういう人物を長年、トップに頂いてきた団体ということです」

もちろん、この発言はどのメディアにも紹介されなかった。私の発言を批判するなら、こういう発言もきっちりと載せてほしいのだが。

「九条信者を前線に送り出せ」発言

曲解の極み

これは私のツイッターでの発言だ（二〇一三年一〇月七日）。

この発言も「しんぶん赤旗」はじめ多くの新聞でさんざん取り上げられて叩かれた。批判の内容はどこも似たようなもので、「百田尚樹は戦争が起これば、憲法九条を信奉している平和主義者を前線に送り込んで殺してしまえと言っているとんでもない奴だ」というものだ。

これまた恐ろしいまでの曲解である。私のツイートの原文はこうだ。

「すごくいいことを思いついた！　もし他国が日本に攻めてきたら、9条教の信者を前線に送り出す。そして他国の軍隊の前に立ち、『こっちには9条があるぞ！　立ち去れ』と叫んでもらう。もし、9条の威力が本物なら、そこで戦争は終わる。世界は奇跡を目の当たりにして、人類の歴史は変わる」

賢明な読者ならおわかりのように、これは皮肉である。

憲法九条を何が何でも守りぬくと主張している人たちは、「九条があったからこそ、日本の平和が何十年も守られた」と言う。彼らに言わせれば、日本が戦争から免れたのは九条のおかげらしい。

もし彼らが主張するように、あるいは信じるように、本当に九条の威力によって日本が守られていたとするなら、実際に戦争が起こったときに、彼らに頑張って戦争を食い止めてもらおうではないかという皮肉である。戦争が起これば、九条信奉者を前線で殺してしまえという意図はどこにもない。

そして実はこのツイートはある一連のツイートの流れで書いたものだ。つまり「9条教の信者を前線に送り出す」というツイートは、複数の発言の後半部分なのである。

前半の三つのツイートは以下の通りである。

「かつて清朝末期、義和団の信徒たちが支那全土で暴れまわった事件があった。義和拳教を信ずれば鉄砲の弾にも当たらないと信じて、前時代的な武器で列強の近代軍隊と戦った。これ何かに似ているなと思ったら、憲法9条とそっくりだ。憲法9条さえ唱えていれば、外国の軍隊などに攻められることはない！」

「憲法9条死守の護憲派が考えを改めるのは、日本が他国に攻められて多くの同胞を殺されたときかもしれない。しかし、それでは遅い！」
「9条を守れと主張する人は、『私たちの息子を戦場に送り込んでいいのか！』と言う。『私たちの娘が他国の軍人たちに強姦されていいのか！』という発想もしてもらいたいな」

これが一連のツイートである。ツイッターは基本的に百四十字という字数制限があるので、それを超える場合は分けて書くことになる。つまり三つのツイートは長い一文なのである。そして、このあとに問題の「9条教の信者云々」のツイートが続く。

つまりツイートを続けて読めば、かつての義和団の信者と憲法九条信奉者の類似性を書いた上での皮肉だというのは容易にわかる。

それにしても、私が憲法改正を口にすると、護憲派や平和主義者を標榜する人たちから凄まじい罵倒と非難の言葉が投げかけられる。人格否定や人権無視の言葉はましなほうで、中には「死ね」と平気で書いてくる人もいる。ちなみに安倍総理に対しても同様の言葉を浴びせる九条信奉者は珍しくない。

私の経験上、日本の平和主義者くらい好戦的で攻撃的な人たちもいない。彼らは「平和」のためなら「人殺し」も「戦争」もやむを得ないと考えているように思える。

新聞記者たちの読解力

さきほど「皮肉だというのは容易にわかる」と書いたが、実はこれが意外に曲者なのである。新聞記者の中には、この「容易にわかる」ことがわからない人間が意外に多いのだ。彼らは皮肉や喩え話、あるいは反語的表現が理解できないのではないかと思われることが多々ある。

少し前になるが、麻生太郎副総理が講演で「憲法改正は慎重に行うべき。そうでないといけない」という内容のことを話しているとき、「ナチスの手口に学んだらどうか」という表現をして、メディアから集中砲火を浴びた。

ご存知のように一九三三年に選挙でドイツの与党になったナチスは、数にものを言わせて強引に憲法を変え、ナチス以外の政党をすべて潰すという暴挙を行なった。その結果、ドイツはナチス党首であるヒットラーの意のままになり、何百万人というユダヤ人が殺され、ヨーロッパ中が戦火に見舞われた。

多くの新聞社は、「麻生副総理がナチスのように憲法を改正しろと発言した」と大批判の記事を書いた。書いたのはいずれも大新聞の記者、あるいは編集委員たちだ。皆、一流大学を出たエリートたちだが、彼らは反語的表現というのが理解できなかった。

麻生副総理の前後の言葉を聞けば、「ずるいやり方で憲法を変えてしまったナチスの失敗を見習って（反面教師にして）、国民の納得できる形で改正するべきだ」という意味で述べたことは容易に理解できる。もっとも多少言葉足らずで乱暴な表現ではあったが、彼の意図するところはそうであったのは普通にわかる。

常識的に考えて、副総理が大勢の聴衆がいる前で、しかも新聞記者もいる中で、「ナチスがやったように憲法を変えてしまおう」などと発言するはずがないではないか。こんなことを本気で言うような人間は狂人である。おっと、これも反語的表現である。私は麻生副総理を狂人とは書いていない。まさかこの本の読者が「百田尚樹は麻生氏を狂人と書いた」という批判はされないと思うが。

麻生副総理が本気でこんなことを言えば、政治家生命が吹き飛ぶどころか、日本という国が世界から非難を浴びるのは目に見えている。

ところが、新聞記者にはその反語的表現がわからない。新聞社には国語試験がないのだろうか。

発言狩り

いや、実際のところは、記者たちもすべてわかっている。ただ、敢えてバカのふりをして、言葉狩り、発言狩りをしているのだ。前後の文章の脈絡をわざと無視し、喩え話であっても喩えとは取らず、反語的表現であっても敢えてそのまま受け取って、大批判する。

こうなれば私のような小説家は大変不利である。作家は喩え話をするし、敢えてどぎつい表現もする。皮肉も交えれば、反語的表現もするからだ。

実際、私の発言のほとんどは曲解と切り取りで批判されている。最近は、講演会場で私の嫌いな新聞社の記者がいると聞くと、講演の冒頭で「今日は○○新聞の記者がきておられるそうですが、○○新聞はクズです」と言うことにしている。なぜか会場はいつも爆笑と大拍手である。

ところが、一度もこの発言を取り上げられて批判されたことがない。新聞記者たちは曲解は得意だが、ストレートな表現には意外に弱いのかもしれない。

「土井たか子は売国奴」発言

死者を批判した理由

これは二〇一四年九月二七日のツイートである。元社民党党首の土井たか子氏が亡くなったというニュースを見たときに書いたものだ。この言葉はまずツイッターとネット上で大炎上した。

「許せない暴言」

「死者に対する冒瀆」

「デリカシーのかけらもない言葉」

などなど。私はまさに人非人か極悪人のように罵倒された。この本の読者の中にも、百田尚樹が死者に対してひどい言葉を投げつけたというネット情報を目にした方がおられるかもしれない。たしかにその通りなのだが、彼女を売国奴と言ったのにはもちろん理由がある。私の言い分を書く前に、ツイートの全文を記す。

「土井たかこ（原文ママ）が死んだらしい。彼女は拉致などない！　と断言したばかりか、拉致被害者の家族の情報を北朝鮮に流した疑惑もある。まさしく売国奴だった」

土井たか子氏は社会党の委員長を五年、社民党の党首を七年務めた。左翼系の新聞やメディアには非常に人気が高かった。というよりも、そうしたメディアによって作られた人気と言えた。

北朝鮮による日本人拉致疑惑が言われだしていた一九八〇年代後半、土井氏は「北朝鮮の拉致などない」と何度も発言していたし、党の公式ホームページにおいても「（北朝鮮の）拉致は創作された事件」と主張する論文を書いていた。つまり彼女は拉致された日本人を救おうとはせず、それどころか党を挙げて北朝鮮を擁護し続けていたのだ。それだけでも売国奴と呼ぶにふさわしいが、土井氏にはもうひとつ重大な疑惑がある。

ヨーロッパで拉致された石岡亨さんが、決死の思いで家族に当てた手紙が、一九八八年九月、ポーランド経由で日本に届いた。これは奇跡のような出来事である。もし手紙を書いたことが当局に漏れれば命は危ない。その手紙を日本まで届けた人物たちも同様である。しかし手紙は彼のために命を懸けた者たちの手によって、日本にわたってきた。

手紙は同じく北朝鮮に拉致された有本恵子さんのご両親のもとに届けられた。実は有本恵子さんは北朝鮮で石岡さんと結婚してこどももいた。

有本さんのご両親は外務省に娘の救助を要請するが、当時は政府自民党も北朝鮮の拉致を公式には認めていなかったため、相手にされなかった。この頃の自民党の姿勢も万死に値すると思う。

外務省に無視された有本さんご夫婦は藁をもすがる思いで、当時、北朝鮮にパイプがあると言われていた社会党にお願いしようと、同じ九月に国会のエレベーターの前で土井氏をつかまえ、彼女に手紙の存在を伝え、娘が北朝鮮に拉致されていることを訴えた。しかし土井氏はまったく相手にしなかった。「拉致などない!」と断言していた彼女のことだから、これは当然の対応ではあるが、驚くべきことが後に明らかになる。

十四年後の二〇〇二年、小泉首相と安倍官房副長官が北朝鮮にわたり、金正日主席に拉致を認めさせた。このとき拉致被害者たちの多くの消息が知らされたが、そこには意外な事実があった。なんと、石岡亨さんと有本恵子さんは一九八八年一一月にガス中毒でこどもと一緒にすでに死亡していたというのだ。一九八八年一一月と言えば、有本さんが土井氏に手紙のことを伝えたわずか二ヶ月後である。こんな偶然があるだろうか。しかも北朝鮮は「遺体は洪水で流失した」と報告した。当然、本当の死因もわからない。

土井氏が手紙の存在を北朝鮮に漏らしたことで、石岡さんと有本さんは粛清された可能性がある。もちろん確証はない。だからツイートでは「疑惑」という言葉を使った。

そのツイートをした翌月の九日、社民党の又市征治幹事長が記者会見で私を非難した。私の発言が「党をおとしめる誹謗中傷」であるとし、「ＮＨＫの経営委員として不適格だ」と述べて、辞任を要求した。

早速、朝日新聞をはじめ毎日新聞や東京新聞が喜んで記事にしたが、私はこの報道を受けて、ツイッターで又市幹事長に対してこう書いた。

「記者会見とかで言わずに、国会に呼べよ！」

もし国会に呼ばれたら、又市幹事長と真っ向からやり合うつもりだった。

政治的評価として

土井氏が石岡さんの手紙を北朝鮮に漏らしたかどうかについての証拠はない。しかし、実は彼女はそれ以外にも売国奴と呼ばれても仕方がないことをやっている。それは、韓国政府に捕まっていた拉致の実行犯・辛光洙の釈放を求める要望書を韓国政府に提出していることだ。

拉致された日本人被害者を救おうとはせずに、日本人を拉致した北朝鮮の工作員を救おうとする――これを「売国奴」と言って何が悪い！　ちなみにこのとき同じ要望書に名前を連ねたのが民主党の菅直人氏である（後に首相になっている）。
もし国会に招致されたら、又市幹事長に土井氏の疑惑について尋ね、納得のいく説明を聞かせてもらおうと思っていた。しかし残念ながら、またもや私の国会招致はなくなった。

たしかに日本には死者を鞭打つ文化はない。死ねば仏である。

しかし政治的な評価は亡くなった後でもついてまわる。誤った政策や間違った政治的判断は、死後はなかったことに決してされない。それが政治家の宿命である。

「土井たか子は売国奴だった」という発言は、政治家・土井たか子氏に対する私の評価の言葉である。議論も炎上も堂々と受けて立つ。

「百田尚樹ＮＨＫ委員、放送法違反！」

悪意に満ちた見出し

ＮＨＫ経営委員を勤めている間、新聞にはしつこいくらい叩かれてきた。

そのうちの三回はＮＨＫの経営会議の席上での発言が対象となった。いずれも朝日新聞・毎日新聞・東京新聞などに「放送法違反にあたる」と書かれた。いや、実ははっきりとは書かれていない。彼らは実に狡猾に、「放送法違反にあたる可能性がある」と逃げ道を作って書くのだ。あるいは「識者」などにそう言わせる。ところが見出しには大きな文字で「暴言」「問題発言」と書き、読者に「百田尚樹ＮＨＫ経営委員はでたらめばかり言っている男」というイメージを植え付ける。

「百田氏、ＮＨＫの報道番組を批判」という記事もあった。これは二〇一四年七月の経営会議の場で、私がある番組に対して疑問を口にしたことが問題にあたるとされたものだ。その疑問とは、同月一七日放送のＮＨＫ「ニュースウオッチ９」において、在日韓国人・朝鮮人をテーマにしたニュースの終わりに、大越健介キャスターが発したコメントについてだった。

大越キャスターの発言は以下のものだ。

「在日コリアンの一世の方たちというのは、一九一〇年の韓国併合後に強制的に連れてこられたり、職を求めて移り住んで来た人たちで……」

翌週の経営会議で、私はNHKの理事に、「大越キャスターの発言は、NHKの見解なのか」と質問した。ちなみにこのとき、経営委員長代行に「百田委員の発言は番組に対する質問であるから、放送法違反にはあたらない」と確認された上で、理事とやりとりをしている。

実は、大越キャスターの言った「在日韓国・朝鮮人一世は強制連行で日本に連れてこられた」というのは、まったく事実に反する言葉である。これは戦後、在日韓国人・朝鮮人が盛んに流したデマである。在日一世のほとんどは自らの意思で日本に来た人たちだ。朝鮮人を強制連行した事実はない。

ただ、昭和十九年九月から七ヶ月間だけ、「戦時徴用」というのはあった。しかしこれは強制連行ではない。その証拠に戦時徴用は多数の日本人にも行われていた（中学生や女子学生を含む）。「朝鮮人に徴用義務を与えたのがひどい」と言う人もいるが、当時、日本人の男子には徴用とは比べものにならないほど過酷な徴兵があった。赤紙一枚で地獄の戦場に送られて亡くなった人は二〇〇万人にものぼる。しかし朝鮮人は徴兵で戦場には送られていない。繰り返すが、終戦間際の七ヶ月だけ戦時徴用されたのだ。そして徴用で内地に来た朝鮮人は戦後、そのほとんどが帰国した。

昭和三十四年に外務省が発表したデータによると、当時、日本国内にいた在日韓国・朝鮮人は約六一万人。そのうち戦時徴用で国内にとどまっていた人はわずかに二四五人である。全体の0・05パーセント以下にすぎない。大多数の韓国・朝鮮人は「職を求めて」自由意思で来た人たちである（しかも、その中にはかなりの密入国者がいる）。

仮に「戦時徴用」を「強制的に連れてこられた人」とみなしても（これはかなり無理のある考え方だが）、0・05パーセントの人と、99・95パーセントの人を、同格に並べてコメントするのは、明らかにバランスを欠いている。

私は経営会議でこのことを指摘し、「NHKとしては、キャスターのコメントをどう考えているのか」と質問したのだ。それに対する理事の答えは、「公表しないでほしい」という約束なので、ここでは記さない。

卑劣な見出し

ところで、私と理事の答弁は議事録には載せないという前提でのものだったが、非公開のはずの私の発言が、会議の三日後、朝日新聞に載った（どうやらＮＨＫ経営委員の中には、朝日新聞と毎日新聞に情報をリークする人物がいたようだ）。記事の内容は前述のように、「百田尚樹の発言は放送法に抵触する恐れがある」というものだった。また共同通信社は「百田氏、報道番組を批判」という記事を配信し、日経新聞をはじめ全国の地方紙にも同じ記事が載った。

放送法によれば、「経営委員は番組に干渉してはならない」とある。しかしこれはあくまで放送前の番組に対してである。放送後に、その番組について質問や感想を言うことはまったく禁じられていない。つまり放送法に抵触していないのは明白なのである。にもかかわらず、朝日新聞は、いつものように自分たちの言いたいことを代弁してくれる大学教授を見つけ出し、彼に「発言が事実なら明白な放送法違反だ」と言わせている。決して自分たちの口ではっきりと「放送法違反である」とは言わない。

それはなぜか。本当のところは放送法違反でもなんでもないことを彼ら自身が知っているからだ。そこで見出しに「百田尚樹ＮＨＫ経営委員、放送法に抵触か」と書き、読者に「百田がまた問題を起こしたか」と思わせる。実にやり口が狡猾で汚いと思う。しかも前述の教授に「適性を疑う」「任命した首相の責任も問われる」とまで言わせている。

私はただちにツイッターで、「朝日新聞の○○記者よ、嘘を書くな！（原文は名前を書いた）」と反論し、その記者に電話で直接抗議した。

すると翌日の朝日新聞はまるで弁解するように、「放送後の番組でも（意見や感想を言って）、その後の番組内容に影響が出れば、放送法に抵触したと判断される可能性もある」と書いた。屁理屈ここに極まれり、である。

この記事の論理に従えば、ＮＨＫ経営委員は、放送された番組に対して一切の感想も意見も言えないということになる。仮に放送後の番組の中に誤った情報があったことがわかった場合でも、それを指摘さえすることができない。これでは経営委員は何のためにあるのかさえ疑問である。

この記事を書いた記者の頭の中はいったいどうなっているのだろうか。名前をここに記してやりたいと思うが、それは武士の情けでやめておく。

「きれいなオネエチャンを食べたい」発言

品性下劣

二〇一四年一月二七日、私はインフルエンザにかかって寝込んでいた。その前から三日間ほとんど何も食べず、ぼろぼろの状態だった。それで、自分の気力を奮い立たせるべく、ツイッターに少々品性の欠ける書き込みをした。

「インフルエンザのお陰でほとんど食欲がない（涙）。せめて、きれいなオネエチャンを食べたい！」

たちまち多くの非難リプライが飛んできた。「何というろくでもない発言。小説家が聞いて呆れる」「品性下劣すぎる」「最低！」などなど。またいつものようにネットニュースにも取り上げられ、そこでも非難コメントが殺到した。私の下品なツイートが非難を浴びるのは毎度のことで、この程度の炎上はたいして気にもならない。

ただ、呆れたのは朝日新聞の社会部の記者による反応だった。ちなみに朝日新聞の記者たちは本人認証されているので、なりすましはない。したがって彼らは「朝日新聞の記者」の立場でツイートしていると言える。この記者はこうツイートした。

「『きれいなオネエチャンが食べたい』と豪語する百田尚樹氏、慰安婦は世界中どこでもいたと個人的会見をひけらかす籾井会長、さらに〝夫は外、妻は家〟と、女性の社会的進出を拒む長谷川三千子氏。安倍政権下のNHK経営委員ってどうなってるの」

一言ツッコミを入れさせていただくと、私は何も「豪語」などはしていない。「きれいなオネエチャンを食べた」なら豪語と言えるかもしれないが（それでも豪語かどうかははなはだ疑問）、私は「食べたい」と願望を述べたにすぎない。これは豪語とは程遠い。

しかしこの社会部の記者は、とにもかくにもNHK会長と私と長谷川三千子氏を攻撃したくてたまらないのだろう。最後は強引に安倍政権批判に結びつけている。

冗談も言えないのか

それからしばらくして今度はなんと朝日新聞の編集委員がその社会部の記者のツイートを紹介しながら、こうツイートした。

「『きれいなオネエチャンを食べたい！』とネット上で呟く百田尚樹、男女共同参画を否定する長谷川三千子、『慰安婦』の辛酸辛苦を想像さえできないNHK会長、『デモはテロ』の石破幹事長……。彼らが安倍首相の言う『中立、公平』な人々。彼らへの批判は『政治的な圧力』。嗚呼『美しい国』日本！」

私を批判するのは自由だ。しかし「きれいなオネエチャンを食べたい」とツイートしたから「中立、公平でない」というのはどうなのか。天下の朝日新聞の編集委員ともあろう者が、わざわざこんな冗談を取り上げて、強引に安倍政権にからめて非難するのはどうなのか。政権批判なら、政治的なコメントや思想的な発言に対してするべきである。

前の社会部の記者同様、私の「オネエチャンを食べたい」というコメントで安倍総理を批判するのは単なるイチャモンである。ちょっとでも非難できる材料と見れば何でも食いつくのだろうが、ダボハゼじゃあるまいし、ちょっと悪食すぎやしませんか、朝日新聞の記者の皆さん。

私はツイッター上で反論した上で、最後にこう書いた。

「釣竿も釣り針もないのに、糸をたれた途端、大物がどんどん釣れるとよく言われます。でも、朝日新聞の編集委員なんかよりも、きれいなオネエチャンを釣り上げたい！」

もちろん、このツイートも大炎上したのは言うまでもない。

「軍隊創設」発言

百田は軍国主義者である

《安倍政権下では、もっとも大きな課題として憲法改正に取り組み、軍隊創設への道をつくっていかねばなりません》

これは私が渡部昇一氏との対談集で語った言葉であるが、「しんぶん赤旗」やネットニュースなどで盛んに取り上げられ、「百田尚樹は軍国主義者である」というイメージ作りにさんざん利用された。私を憎む人たちはこの一文をブログなどに載せたから、ネット上でも多くの非難を浴びた。

たしかにこの一文だけを読めば、そう受け取れないことはない。しかしこれもまた長い発言の一部だけを切り取ったものだ。実はこの文章のあとに、私はなぜ軍隊が必要なのかという理由をしっかりと述べている。その理由とは、軍隊が必要だという結論を導き出すための論理であり、もし私を非難したければ、その論理の矛盾を衝くべきなので ある。それこそが議論であろう。ところがそうした論理には目をつむり、私が導き出した結論だけを非難する。相変わらず実に汚い手口である。

私は前記の文章のあとにどういう文章を展開したのか、少し長くなるが引用する。

《二〇一二年十二月に発足した第二次安倍内閣は、最大の政策課題として憲法改正に取り組み、軍隊創設への道筋をつけなければなりません。

世間では、いまだに「神聖な憲法を改正するなんてもってのほかだ」という憲法改正アレルギーが蔓延しているようですが、世界中のどの国も、憲法改正はごく普通に行なわれています。戦後だけ見ても、アメリカは一八回、フランスは二四回、ドイツは五八回憲法を改正しています。メキシコに至っては建国以来四〇八回も改正しており、世界最多の回数といわれています（筆者注・二〇一四年当時）。

国民の生活、文化、思想あるいは国際情勢によって憲法を変えていくのは当然のことです。六十七年も変化していない日本国憲法は、すでに「世界最古」の憲法です。これほど長い時間が経てば、国民生活も世界の情勢もすべてが変わっています。にもかかわらず憲法を一文たりとも変えないのは柔軟性がなさすぎます。

日本国憲法は、日本が占領されている時代にＧＨＱが短期間で草案をつくらせて、あたかもすべて日本人が考えたかのように体裁を整えて公布・施行させたものです。まともな法律学者であれば、これを「憲法」だと認められるはずがありません。
　アメリカは戦争で痛い目に遭っていますから、二度と日本が立ち向かえないようにしました。九条で「交戦権の放棄」を押しつけたのもそうです。いまの日本には自衛隊がありますが、九条を厳密に解釈すると、相手に銃を向けられて引き金に指がかかっていても抵抗できません。私が法解釈や運用では対応できないと考える理由の一つがここにあります。
　相手が実際に撃ってきて初めて「正当防衛」が成立し反撃できますが、反撃は最低限のものに限られます。たとえば1発撃たれて10発撃ち返したら、過剰防衛として処罰されてしまう。こんな馬鹿なことはありません。もしミサイル同士で対抗したときに、こちらのミサイルのほうが高性能だったらどうなるでしょう。これも過剰防衛になるのでしょうか。（中略）
　ネガティブリスト、ポジティブリストという考え方があります。自衛隊はポジティブリストの考え方で、やってもいいこととして列挙された行動しか取れません。ところが戦闘中の軍隊はやってはいけないこと（ネガティブリスト）以外は何をしてもいいのです。捕虜の虐待や他国での略奪など、国際法上やってはいけないことはたくさんありますが、それ以外は何をしてもいい。もし中国が攻めてきたら自衛隊はどうすべきか、不測の事態にいちいち六法全書を開く時間はないからです。

日本の自衛隊も、やってはいけないこと以外は何でもできる臨機応変な軍隊の組織に変えなければなりません。

ドイツも日本と同様、占領時には連合国軍に憲法を押しつけられました。けれどもドイツ人は、それを「憲法」とみなしませんでした。「ボン基本法（ドイツ連邦共和国基本法）」と呼び、占領が解けてから条文を五〇回以上も改正し、自分たちの憲法を作っていったのです。

このような事実をほとんどの国民は知りません。だから重要なのは、政府が憲法改正の論点をきちんとアピールしていくことです。そうすることで初めて、国民の「憲法改正アレルギー」が取り払われ、常識的な憲法観で改正を論じられるようになるでしょう。》

戦争放棄の現憲法下においても他国に侵略されたときは「自衛権が認められる」という解釈がなされると言われている。しかし、あくまで「言われている」だけにすぎない。つまり自衛権もないとみなす解釈もあるということだ。

世の中には「自衛隊は外国から軍隊とみなされているから、いまさら軍隊にする必要はない」と言う人もいる。これは法律というものをまったく知らない人の言葉だ。というのは、外国から軍隊と見なされていようが、自衛隊は憲法上は軍隊ではないので、戦闘行為であっても国内法に準拠して行動しなければならないからだ。

嫌なケースを考えると、日本人を殺そうとしていた他国兵を自衛隊員が撃ち殺した場合、彼は国内法により殺人罪で告訴される。そんなバカな、と思われるかもしれないが、彼を告訴する人権派弁護士が現れる可能性は100パーセントある。明らかな正当防衛で犯人を射殺した警察官を殺人罪で告訴し、何年にもわたって彼の人生を苦しめる人権派の集団や弁護士が多数存在する国なのだ。

そんな状況で、はたして侵略者に対して自衛隊員が戦えるだろうか。指揮官が果断に命令を下せるだろうか。もちろんこれらの問題は昔から議論されていたことだが、今まで冷戦下で日米安保に守られている状態で、しかも日本を軍事的に脅かす国はなかった。だからあくまで机上の想定での議論にすぎなかった。

法整備は必要

しかしこの十年で日本を取り巻く状況は激変した。中国は十年前とは比較にならないほどの強大な軍隊を持ち、ついには政府首脳が「尖閣諸島を奪う」と公言するまでになった。領海侵犯、領空侵犯は頻繁である。今や尖閣諸島周辺は、いつ突発的な事態から軍事衝突が起こっても不思議ではない状況である。

実際に何らかの侵略があった場合、自衛権というのはどこまで認められるのか——これは恐ろしく難しい問題を孕んでいる。たとえば法律的に「正当防衛」が認められるのは、「急迫不正の侵害に対して、それ以外に身を守る方法がない場合において、必要最小限の抵抗」であるとされている。実際の戦場で、どのケースがそれにあたるのか、どれくらいの抵抗が許されるのか。現場でそんな判断ができるはずがない。しかし現状の憲法下では自衛隊員（および指揮官）たちはそれを要求されるのだ。

だからこそ、私は憲法改正と自衛隊をめぐる法整備を急ぐ必要があると言ったのだ。だが朝日新聞をはじめとする左翼系ジャーナリストたちはそうした論理を無視し、「軍隊創設の道筋をつくらねばならない」という一文だけを切り取り、「百田尚樹は軍国主義者で戦争をやりたがっている狂人」というイメージを作り上げようとしている。

ここで声を大にして言いたい。戦争を望む者などいるはずがない。日本が戦争して誰が得をするというのだ。私にどんなメリットがあるというのだ。私自身が命を失うかもしれないし、息子が戦死するかもしれない。中国やロシアに侵略戦争を起こして勝てるはずがないし、もし弱小国に侵略したりすれば、たちまち世界から石油を含むすべての資源供給は止められ、日本は一瞬にして息の根を絶たれる。

リアリティを持て

もう一つこれも声を大にして言いたい。左翼系ジャーナリストたちは「憲法改正派は戦争を起こしたがっている」というイメージを懸命に作ろうとしているが、こんなまやかしはない。私も含めて憲法九条改正派の目的は「日本を戦争から防ぐ」というものだ。実はこれは九条護憲派も同じである。つまり両者の目的は実は驚いたことに同じなのである。では何が違うのか。それは両者のリアリティである。

ここで読者に問いたい。「戦争は絶対にしない。たとえ攻められても抵抗はしない。だから軍隊も持たない」という国と、「侵略戦争は絶対にしない。しかしもし侵略されたら、徹底的に抵抗する。そのために軍隊を持つ」という国——さて、どちらの国が侵略されにくいかというリアリティの問題である。

集団的自衛権も同様である。自国兵力だけで大国の侵略を防ぎきれない国は、他国と軍事同盟を結ぶ。その典型的な組織がＮＡＴＯ（北大西洋条約機構）である（二〇一五年現在、二十八ヶ国が加盟)。たとえば加盟国の一つであるドイツは、同じく加盟国であるスペインが他国に攻撃された場合、同国を防衛するために戦う義務を負う。逆にドイツが他国に攻撃された場合、他の加盟国はドイツ防衛のために戦う。つまりある国がNATO加盟国を攻撃するときは加盟国全部を敵に回すことになり、これが大きな戦争抑止力となっている。このように集団的自衛権はリスクもあるが、メリットも大きい。

しかし、「自国は守ってもらいたいが、他国を守るのは御免こうむる」という国があれば、どこからも相手にしてもらえないだろう。日本の左翼系ジャーナリストたちが、日米安保条約でアメリカに守ってもらいながら、アメリカが攻撃されても助けないというのは、はっきり言えばそういう主張である。また集団的自衛権の行使を放棄するなら、自国の軍隊だけで国を守れるほどの強力な軍隊が必要であるが、左翼系の人々はそれさえも認めないという。もう何が言いたいのか意味がわからない。

ちなみに竹島が韓国に不法占拠されたのは一九五三年であるが、当時、日本にはそれを守る武力がなかった。自衛隊法が施行され、陸海空の三つの自衛隊が誕生したのは翌年である。うがった見方をすれば、李承晩は自衛隊ができる前に竹島を占拠したと言えるかもしれない。

スイスとルクセンブルク

スイスは「永世中立国」として二百年以上（！）も戦争をしていない世界で唯一の近代国家であるが、実は強大な軍事力を有している。「侵略を受ければ徹底抗戦する」と宣言し、もし敗れることがあれば、国内の発電所、ダム、橋梁などあらゆる施設を破壊して、国土を焦土化しても侵略国には何も与えないとしている。国民皆兵で男子は全員徴兵の義務があり（女子は任意）、除隊すると六十歳まで予備役兵として登録され、いざ戦争が起こればただちに軍に復帰する（そのために民間人であるにもかかわらず小銃が支給されている）。また一家に一冊配られている『民間防衛』という本には、戦争が起これば市民はどのようにゲリラ戦を戦うかが書かれている。

第二次世界大戦が勃発したとき、スイスは「領空侵犯する飛行機は枢軸側・連合国側問わず撃ち落とす」と宣言し、実際に二百機以上の飛行機を撃墜あるいは強制不時着させている。その代償としてスイス空軍も二百機以上の飛行機を失い、空軍はほぼ壊滅した。しかしヨーロッパ中が火の海となった戦争から領土は守られた。スイスは平和というものはどうやって維持していくものかを知っているリアリティの国と言える。

その対極にある国がかつてのルクセンブルクである。十九世紀に世界で初めて理想的平和主義とも言える「非武装中立」を唱えたルクセンブルクは、二つの世界大戦において、いずれも国土が蹂躙された。その痛い経験を経て、第二次世界大戦後は自国を防衛するための軍を創設し、徴兵制を敷いた。さらに一九四九年に設立された軍事同盟NATOの創立メンバー十二国にも名を連ねた。

スイスとルクセンブルク――この二つの国の歴史と在り方から何かが見えてこないだろうか。そう、覇権主義を唱える「狂気の隣人」から国土と国民を守るのは軍隊であるということだ。ほかにはない。

戦争のない世界は理想である。私たちはそれを目指していかなければならない。しかし残念なことに、口で「平和」を唱えるだけでは戦争は止められない。世界と日本に必要なのは、戦争を起こさせない「力」である。

力のない正義は無能である。

あとがき

「百田さんは、なぜいつも敵を作るようなことばかり言うのですか?」

編集者によく訊かれる質問である。

しかし実は本人はそんなつもりは毛頭ない。それなら、なぜ世間からバッシングを受けるようなことばかり言うのか。これについては自分でもまったく説明ができない。早い話、何も考えないで口から出てしまうのだ。

別の編集者からは怒った顔でこうも言われる。

「百田さんが余計なことを発言したり、ツイッターで呟いたりしなければ、もっと本が売れるのに——。ご自分の発言で、かなりの読者を減らしていますよ」

これには返す言葉もない。

私の「放言」が新聞やネットで叩かれるたびに、それを見た大多数の人は「よく知らないが、百田尚樹って、とんでもないことを考えている野郎なんだな」というイメージを持つ。そういう人は当然、私の本など手にとってもくれない。拙著『永遠の0』を、一部メディアの言うままに「戦争賛美」「特攻肯定」の本と信じている人がどれだけいることか。朝日新聞には『永遠の0』も『海賊とよばれた男』も「右傾化小説」と書かれた（例によって、他人に言わせている）。読めばそうでないことがわかってもらえるが、読まない人は新聞の書くことをそのまま信じる。

もっとも、本書の「第四章・我が炎上史」で書いたように、曲解されるような発言をする私にも責任の一端がある。出版社にしてみれば、一所懸命に営業活動をしているのに、著者が読者を減らすようなことばかり言っているのだから、編集者が機嫌を悪くするのも当然だ。それなのに私ときたら、小説『夢を売る男』では、その出版業界をも敵にまわして書く始末だ。

しかし、これが私の性分なのである。生まれたときから治らない。いったん心に「言いたい！」と思ったら、もうどうにも我慢がならないのはガキの頃からだった。「こんなこと言うたら、えらいことになる」と頭でわかっていながら、言わずにはいられないのだ。必死で我慢しようと思っていても、気がついたら、思ったことを全部口にしていて、目の前の相手はかんかんに怒っているということはしょっちゅうあった。

当然、痛い目には山ほどあってきた。恥ずかしい話だが、若い頃は暴力沙汰に発展したこともよくあった。大人になって構成作家の職に就いても、この口のせいでどれだけ仕事を失ってきたかわからない。私の放送作家人生の前半は「クビ」の歴史でもある。

二〇一四年の春、「女性セブン」の記者が取材のために自宅を訪れた。インタビューの途中、たまたま私が中座している間に、記者は家内にも取材していた。後日、誌面で家内の言葉を見たときは、参ったなあ、と思った。そこにはこう書かれていた。

「この人、叩かれることのストレスよりも、言いたいことを黙ったままにしておくストレスの方が大きいから」（「六月二六日号」より）

さすがは三十年以上も連れ添った嫁はんである。

ただ、私も来年で還暦を迎える。若い頃と比べると、さすがに随分丸くなったと思う。しかしこの性分だけは死ぬまで治らないだろう。

長生きできたところでせいぜいあと二十年ほどの命である。小説家にしがみつく気はない。「放言」くらい好きに言わせてもらおうと思う。

二〇一五年七月

百田尚樹

特別付録　我が炎上史　番外編

『大放言』の原稿を書き終え、ゲラのチェックも終えて、ほっと一息ついたとき、また私の発言が大炎上した。しかし、あらたに書き加えるとページ数も増えるし全体の構成も変わるので、最初は本に入れるつもりはなかった。

ただ、今回の炎上はかなり大規模なもので、朝日新聞、毎日新聞、東京新聞、中日新聞、沖縄タイムス、琉球新報、北海道新聞といった左翼系新聞が軒並み一面トップ記事にし、その後、他の地方紙も追随して一面で扱い、またNHKや民放テレビ局各社もニュースやワイドショーで取り扱うほどの騒ぎとなったので、やはりこれを書かないと「大放言」にはならないなと思い、「炎上史・番外編」として書き加えることにした。

クローズドな場での発言

二〇一五年六月二五日、私は自民党本部で若手議員有志三十数名が参加する勉強会

「文化芸術懇話会」に講師として招かれた。約三十分の講演を終えたあと、出席した自民党の議員たちと質疑応答を行なったが、その席上で飛び出したのが、「沖縄の二紙はつぶさなあかん」という言葉だ。その言葉がどういう流れで飛び出したのかを説明する前に、まず当日の状況を説明しよう。

「懇話会」はまったく私的な集まりで、決して公的なものではない。当日は何社も報道陣が来ていたが、会の冒頭だけ（一分ほど）報道陣を部屋に入れ、その後は退出してもらい、取材はシャットアウトするという取り決めだった。私は主宰者に、「それでも部屋の外から話を聞くのではないですか」と訊ねた。すると彼はこう答えた。

「冒頭の話だけは聞いて書いていただいてもいいと言っています。でも、退出したあとは取材はなしということを伝えていますから、それを書くのはルール違反になります」

「要するに、内輪の話ということですね」

私がそう確認すると、彼は「そうです」と答えた。彼はさらに、「懇話会が終わってから報道陣を部屋に入れて、どういう話をしたのかブリーフィングをします」と言った。

実際、会が始まって私が冒頭の挨拶をすると、報道陣から写真とビデオを撮られた。

私は報道陣を前にマスコミ批判を一席ぶった。ついでだから、その全文を記す。

「百田尚樹です。今日はよろしくお願いします。文化人を交えての講演ということなのですが、私などは文化からほど遠い人間です。ずっとお笑い専門でやってきた男ですが、最近はＮＨＫの経営委員なんかやったりして、公の場で発言するとものすごく炎上してしまいます。これはもちろん、マスコミの皆さんのおかげでもありまして――（笑い）。ただ、マスコミの皆さんに言いたい。一分間しかおられないので、しっかり言いたいのですが、まず公正な報道をお願いします。それプラス、日本の国を自分たちの報道でいかによくしていくか、この気持ちをしっかり持ってもらいたい。反日とか売国とか、日本を貶めるために書いているとしか思えない記事はやめていただきたい。

何も政治的な偏向をしろと言ってるんじゃないんです。自分の書く記事が、それを読んでいる読者の皆さんが日本人として誇りを持つ、日本という国が立派な国であるという、そういう気持ちを持つ記事になるかどうか、それを肝に銘じて書いていただきたい。もちろん公正というのは当たり前のことですが、それをひとつお願いいたします」

約二分後、報道陣は部屋から退出し、私は講演を始めた。講演の主な内容は、「国会議員としての責任を持って働いてもらいたい」ということと「集団的自衛権とは何か」というものだった。講演の中で、マスコミや新聞社や沖縄のことは一言も話していない。

ドアのガラスにへばりつく耳

ところが、講演を始めてしばらくして、ドアのすりガラスに耳がいくつもへばりついているのが見えた。どうやら廊下にいる記者が部屋の中の会話を聞こうとして、ガラスに耳だけをくっつけているのだ。私はそのシュールな図に、思わず笑いそうになった。

どうでもいいことだが、私の声は大きい。おそらくガラスに耳をつけている記者には、声が聞こえるだろうなと思いながら、しかし、部屋の中の話は「取材お断り」という紳士協定がなされていると聞いていたので、別に気にはならなかった。

講演のあとは質疑応答が行われたが、堅苦しいものではなく、皆が口々に発言し、半ば雑談のような形での会話になった。問題の言葉はこのときに飛び出した。

ある議員が、沖縄のメディアを牛耳る「沖縄タイムス」と「琉球新報」に対して批判的な意見を述べて、私に感想を求めた。私はその二つの新聞社にはさんざん悪口を書かれてきただけに、苦笑しながら次のように言った。問題となった発言であるから、そのセリフを正確に記す。

「私も沖縄は、あの二つの新聞社がめっちゃ頭に来てね。僕ね、琉球タイムスでしたか、一回記事に大きな見出し書かれてね。『百田尚樹、また暴言』って。『また暴言』はないやろって（笑い）。本当にもう、あの二つの新聞社から私は目の敵にされているんで。まあほんとに、沖縄のあの二つの新聞社は本当はつぶさなあかんのですけども（笑い）」

まあ毒舌を吐いたわけだが（「琉球タイムス」というのはジョーク）、最後の「つぶさなあかんのですけども」のあたりの口調のニュアンスを活字で表現するのは難しい。落語家が笑いを取るときによくやる「――ですけれども」という、語尾を柔らかくぼかすような口調で語ったものだと言えばわかってもらえるだろうか。その場にいれば誰でもギャグとわかる。その証拠に、会場にはどっと笑いが起き、その話題はそこで終わった。というか、そもそも沖縄の二紙に関しては議論など一切なかった。

ところが朝日新聞を初めとするいくつかの新聞には「絶対につぶさないといけない」と発言したと書かれた。だが私は「絶対に」などという言葉は使っていないし、断言もしていない。朝日新聞の英字ニュースはもっと陰湿で、「あらゆる手段を使って廃刊にしなければならない」と発言したと書かれた。明らかに悪意に満ちた捏造である。

沖縄タイムスと琉球新報は、およそ公正なジャーナリズムとは言えない偏向した新聞であり、個人的にも、過去に何度も悪口を書かれたので大嫌いな新聞ではあるが、私はこれを本気でつぶそうなどという気はない。仮に私が大きな権力を持っていて、「つぶす」と発言したりすれば大問題だと思うが、そんな力はこれっぽっちもない。

沖縄の二紙以外にもつぶれてほしいと思っている新聞社はあるが、私の「つぶれてほしい」という言葉の真意は、多くの読者が「ひどい内容が書かれた新聞だ、もう読むのをやめよう」と思って自然に消えてしまうということを意味している。決して、それ以外の「力」でつぶすものではないと思っている。

もちろん、作家「百田尚樹」も、多くの読者が「つまらん、もう読むのをやめよう」と思ったときに、自然に消えてなくなる。新聞社や出版社や言論人の盛衰というのはそういうものであると思っている。

「百田尚樹は言論弾圧主義者」？

しかし多くの左翼系新聞社が私のセリフを問題として、「百田尚樹は言論弾圧を目論む男」という論調の記事で私を糾弾した。これはもう呆れるしかない。もともと取材お断りの席での発言を盗み聞きして紙面に載せるだけでもひどいのに、その場にいた誰が聞いてもわかる冗談を「暴言」に仕立てて記事にするのは、あまりにやり方が汚い。

もし私がラジオやテレビで不特定多数の人に向けて発言したなら、たとえ軽口でも非難されてもしかたがない。あるいは活字媒体で書いても同じである。しかし、私的な集まりの場において、国会議員でも公人でもない一民間人の発言をマスコミが一斉に糾弾するのは異常であると思う。

実は質疑応答が始まってすぐに、ある議員が私に次のような内容の質問をした。

「偏向報道する新聞社に広告を出すスポンサーに圧力をかけて、新聞社をこらしめるというやり方はどうでしょう？」

さらにもう一人の議員がそれに同調して似たようなことを私に質問した。

この質問には絶句した。私も言論人のはしくれである。言論機関に対して、公権力や金や暴力で圧力をかけるということはあってはならないことだと思っている。そんなことをするのはファシスト政権か共産主義国家である。だから二人の議員の発想は、私にはありえないものだった。それで、この話題を続けるのは危険だと思った私は、二人の質問を無視することで賛同しない意思表示をして、すぐに話題を変えた。

ドアのガラスに耳をつけていた記者たちは、このやりとりも聞いているはずだが、私が議員の質問を否定したことはまったく報道してくれず、「二つの新聞はつぶさなあかん」という発言だけを大々的に取り上げ、「百田尚樹は言論弾圧を考えている男」と書き立てた。あまりにも不公正な切り取りではないか。

こんな当たり前のことを言いたくもないが、憲法二一条には次のように書かれている。

「集会、結社及び言論、出版その他一切の表現の自由は、これを保障する」

つまり私的な会合においては、どんな発言も憲法で保障されているのである（公的なものや放送は別）。かつてスターリン時代のソ連は、友人同士の会話であっても、官憲が許さない発言をした場合、密告されれば処刑された（私信の開封で処刑された人も多い）。それと同じだとまでは言わないが、今回の「盗み聞き」で聞いた発言を左翼系のマスコミが私を社会的に抹殺する勢いで糾弾するのは、どこか似た部分を感じる。どういうわけか、左翼というのは基本的に自分と違う意見や発言を許さない部分がある。

沖縄二紙の報復記事

私に対して最も強い怒りを表明したのが、沖縄の「琉球新報」と「沖縄タイムス」だ。二紙は私の発言の翌日、共同の抗議声明文を発表した。

ところが、実は二つの新聞社は私の発言を直接聞いていない。つまり他のメディアからの伝聞記事で私を断罪したわけだ。それでも報道機関なのかと言いたい。さらに許せないのは、沖縄タイムスは私が発言していないことまで捏造して記事にしたことだ。

同紙は私が普天間基地の周囲に住む人たちのことを「カネ目当てで移り住んできたと言った」と書いたが、断言するが、私は「カネ目当て」などという言葉は一言も使っていない。質疑応答の中で、たまたま普天間基地（宜野湾市）の話題になったとき、私は住民が基地の騒音被害で国を訴えている裁判の判決が出た話をした。このときの私のセリフも正確に記す。

「これは確かにね、騒音がやかましい、うるさい、寝られない、精神的な苦痛を被っている……非常に、その苦労も、苦しいのも私は理解できる。けれども、やっぱり違和感を覚えるんですね」

私は訴訟そのものを否定した発言はしていない。もちろん住民も非難していない。あくまで「違和感を覚える」と言ったにすぎない。

では、なぜ「違和感を覚える」のか。それは普天間基地がもともと民家密集地帯に作られたものではないからだ。基地ができてかなり長い間、周辺にはほとんど民家がなかったのである。普天間基地を上空から写した一九七〇年頃の写真があるが、その頃でも基地周辺は畑ばかりで民家はほとんどない。

それなのに、なぜ基地の周囲に家が立ち並ぶようになったのか。沖縄は復帰したとはいえ、本土に比べて経済事情はよくなかった。現在も地元財源はわずかに26パーセントという財政的には非常に貧しい県である。そうした状況から、基地のそばに行けば仕事があると思って来た人も大勢いたと思われる。米軍相手に商売ができる、あるいはビジネスチャンスがあると考えた人もいただろう。多くの人が住むようになれば町は発展し、さらに人々がやってくる。そしていつのまにか基地周辺はびっしりと民家が立ち並び、気がつけば普天間基地は町のど真ん中にあるという不思議なことになってしまった。

沖縄タイムスは、「戦前の宜野湾役場は現在の滑走路近くにあり、琉球王国以来、地域の中心地だった」と書き、昔から普天間あたりは栄えていたというイメージを読者に与え、私の「基地の周りは田圃だらけで、ほとんど民家はないんですね（発言ママ）」という言葉が間違っているような印象操作を行っている。しかし宜野湾市の人口は一九二〇〜四〇年代までは約一万三〇〇〇人前後で、その間ほとんど増減がないが、一九四五年に普天間基地ができてからは急激に増え、一九七〇年には約三万九〇〇〇人と三倍になり、その後さらに倍増して二〇一五年には約九万五〇〇〇人に膨れ上がっている。

現在、普天間基地は民家密集地帯の真ん中に位置しているため、当然、周辺に住む住民は騒音に悩まされているし、常に危険と隣り合わせである（同基地は「世界で一番危険な基地」とも言われている）。それなら、ただちに人のあまり住んでいないところへ移転すればいいではないかと思うのだが、実は問題がある。移転すれば、基地関係の仕事に就いている人たちは大勢失業することになるからだ。また米軍に貸している地代はべらぼうに高く（日本政府が借り上げた形で地主に支払っている）、移転するとそれらを失って困る人たちも大勢出る。

そういう事情のせいかどうかは不明だが、現実には普天間基地を辺野古に移転するのに、信じられないほど多くの反対者が現れている。普通に考えれば、民家密集地の基地を移転させるのは悪いアイデアではないと思うのだが、そうは簡単にはいかないのが沖縄の基地事情である。

私は「懇話会」でこういうことを話し、「（沖縄の基地問題に関しては）スパッと切れないところがありまして（発言ママ）」と言った。基地の是非を語ったのではない。そんなものは簡単な質疑応答で話せるものではないからだ。

ところが沖縄タイムスは、私のそうした一連の話をすべて無視し、「百田尚樹は『（住民は）カネ目当てで移り住んできた』と暴言を連発した」と書いた。繰り返すが、私は一言も「カネ目当て」とは言っていない。「基地の周りに行けば商売になるということで——（発言ママ）」と言ったのだ。それを「カネ目当て」とは、いくらなんでも悪意に満ちた書き方だろう。

普天間地主の実態

また同紙は、「基地の地主は年収何千万円」という私の発言に対し、「基地の地主は大部分が大金を得ていない」とデータを出して反論した。

記事では「（沖縄にある軍用地の）地主4万3025人のうち100万円未満の地主が全体の54・2％に当たる2万3339人で最も多い。次いで100万円以上～200万円未満が8969人で20・8％を占め、200万円未満の割合が75％にのぼった」と、いかにも地主のほとんどが金持ちではないという印象を与えているが、このデータにはからくりがある。同紙が言う一〇〇万円以下の地主の多くは、「一坪反戦地主」と呼ばれる人たちで、反基地活動を行うために、ハンカチ一枚くらいの土地を所有している地主だ。反基地活動にはそういう運動もある。普天間基地ではわずか67㎡の土地に六〇〇人が地主となっているケースもある。同紙がそうした実態を伏せて、裕福ではない地主が多いという書き方をしたのは、ずるいとしか言いようがない。ちなみに普天間基地の地主も一九七六年には一八八八人だったのが、現在は三三五四人に増えている。

同紙もそのデータだけではバツが悪いと思ったのか、記事の最後に目立たないように、「500万円以上は3378人で7・9%だった」と書いていた。実はこれが実質的な地主で、彼らの中には年収何千万円という収入を得ているものが多数いる。これが基地地主の実態である。

ただ、この問題もまた簡単に白黒を論じることができない。地主の中には働かないで大金を得て遊んで暮らしている者も大勢いるが（中には東京の超高級マンションに住んでいる者もいる）、先祖伝来の土地を失って悲しんでいる人がいるのもたしかである。だから、私は懇話会の席上で「スパッと切れないところ」と言ったのだ。

余談だが、普天間基地の土地に関しては奇妙な話がある。

もともとこの土地は戦争中に日本海軍が買収して飛行場を建設中だった。したがって本来はほとんどが国有地であるはずなのに、なぜか現在の普天間基地の中の国有地が占める割合は総面積の7・5パーセントにすぎないのだ。実は土地台帳が戦争で焼失したため、戦後、アメリカ軍は地主たちの自己申告で土地の所有を認めた結果、このような不思議なことが起こったのだ。一説には、申告地主の土地を合計すると、普天間基地の面積を大きく上回るとも言われている。このあたりの奇々怪々な事情は、沖縄出身のジャーナリスト惠隆之介氏の本に詳しく書かれている。

戦争の被害を受けたのは沖縄だけではないが、同地は戦後も長らくアメリカに占領された悲劇を持ち、住民の塗炭の苦しみは筆舌に尽くしがたいものがある。また地政学的な重要性から、今も多くの基地が残されている。同じ日本に住む者として心から申し訳ないと思う。しかしそのことと、「沖縄の二紙はつぶさなあかんのですけども」という私の発言は全然別問題である。軽口とはいえ沖縄タイムスと琉球新報を非難したのは事実だが、決して沖縄を非難はしていない。もちろん沖縄の人たちを侮辱などしていない。

ところが二紙は、まるで私が沖縄と沖縄に住む人々をバカにしたかのような紙面を作り、私のイメージをひどく損なった。これが報道の暴力でなくてなんであろうか。

また朝日新聞と毎日新聞は「今回の懇話会の席上で、百田尚樹はナウルとバヌアツはクソ貧乏長屋と発言した」と書いて非難したが、これは私が「以前こういうことを言って非難された」という話をするために引用して語ったものにすぎない。二紙の見解では、引用すら批判の対象になるようだが、そんな手段を用いてまで私を貶めたいのか。

私の冗談を野党も利用

また呆れたことに、私の発言は政治の道具にも使われた。

安保法制の国会審議の真っ只中に、野党は、私の発言を持ち出して、自民党や安倍総理の責任問題にしようとしたのだ。そのために本来、「国防をどうすべきか」という大きな問題を審議する貴重な時間が随分無駄にされた。

野党の皆さんに言いたい。私は国会議員でもなければ、公人でもない。一介の小説家にすぎない私がどこで何を言おうが、総理大臣には何の責任もない。繰り返すが、私の発言は、私的な集まりで、なおかつクローズドな場においてなされたもので、憲法二一条にも保障されているものである。あなたたち国会議員がいかに権力者であっても、一民間人の発言を断罪する権利はない。「言論弾圧」というのは、公権力あるいは暴力団体が不当な圧力で言論を封殺することをいう。小説家の軽口はそれにはまったくあたらない。そんなものが言論弾圧なら、町のオッサンの冗談もすべて糾弾対象になる。

野党議員や左翼マスコミ記者たちも内輪だけの集まりでは、かなり過激なことを言っているはずだ。もし仮にその部屋に盗聴器が仕掛けられ、冗談で言った一言を都合よく切り取られて公開され、そのことで糾弾されたとしたらどうだろう。あなたたちがやったことはそういうことなのである。それともスターリン時代のような「内輪の場であっても自由な会話を許さない」という密告社会にするのが目的なのか。

ところで、この発言による炎上の最中に、私は大阪の泉大津市で講演を行なった。その会場で、「あれ以来、沖縄の二紙にぼろくそ書かれています。自民党の懇話会で、『つぶさなあかんのですけども』と言ったのは冗談ですが、今は本気で思っています」と言った。会場は爆笑だった。

しかし共同通信社がすぐさまそのことを記事にして配信し、その日のうちに読売新聞の記者が「今度は本気なんですね」と電話で訊いてきた。そこで私は答えた。

「冗談に決まってるやろう！」

いや、もう本当に皮肉やジョークがまったく通じない時代になってしまったと思う。

百田尚樹　1956（昭和31）年大阪市生まれ。作家。著書に『永遠の0』『ボックス！』『風の中のマリア』『影法師』『幸福な生活』『プリズム』『海賊とよばれた男』『夢を売る男』『フォルトゥナの瞳』等。

Ⓢ新潮新書

633

大放言《だいほうげん》

著　者　百田尚樹《ひゃくたなおき》

2015年8月20日　発行
2015年10月10日　8刷

発行者　佐藤隆信

発行所　株式会社新潮社

〒162-8711　東京都新宿区矢来町71番地
編集部(03)3266-5430　読者係(03)3266-5111
http://www.shinchosha.co.jp

印刷所　錦明印刷株式会社

製本所　錦明印刷株式会社

ISBN978-4-10-610633-0　C0236

価格はカバーに表示してあります。